# Càirdeas

Cáirdeas

# CÀIRDEAS

## Gracie Summers

 **SGRÌOB**

Sgeulachdan anns a bheil càirdeas is dòchas,
spionnadh agus fealla-dhà; stòiridhean le manaidhean
is plàighean, eucoir agus draoidheachd.

Tog aon dhiubh seo agus gabh sgrìob gu
saoghal tarraingeach, dìomhair a tha stèidhichte
san latha an-diugh, san linn a dh'fhalbh
no ann an linn nach fhacas fhathast.

Eadar bailtean mòra na dùthcha is eileanan beaga
na Gàidhealtachd, tha caractaran òga a' gabhail
an sgrìob fhèin a dh'ionnsaigh co-dhùnadh no
ceann-uidhe, toradh no buannachd.

Sreath de nobhailean ùra do luchd-leughaidh
eadar 10 is 14 bliadhn' a dh'aois.

Air fhoillseachadh ann an 2017 le Acair Earranta,
An Tosgan, Rathad Shìophoirt, Steòrnabhagh, Eilean Leòdhais HS1 2SD

www.acairbooks.com
info@acairbooks.com

info@storlann.co.uk
www.storlann.co.uk

Na dealbhan còmhdaich le Catriona MacIver
An dealbhachadh agus an còmhdach le Mairead Anna NicLeòid
An suaicheantas airson Sgrìob air a dhealbhachadh le Fiona Rennie

Gheibhear clàr catalogaidh airson an leabhair seo
bho Leabharlann Bhreatainn.

Clò-bhuailte le Hussar Books, A' Phòlainn

Tha Acair a' faighinn taic bho Bhòrd na Gàidhlig.

ISBN/LAGE 978-0-86152-455-6

# CLÀR-INNSE

# CAIBIDEIL 1

Cha robh Darren Moireach idir socair na inntinn agus cha robh fhios aige carson. Bha a' mhadainn soilleir, grianach. Meadhan an Lùnastail. Dimàirt. A' chiad latha air an treas bliadhna san àrd-sgoil. Bha Darren math air obair sgoile, agus air dòigh bha e toilichte a bhith air ais anns an sgoil. Ag obair air na cuspairean a thagh e, a bha a' còrdadh ris.

Ach bha e an-fhoiseil. Bha rudeigin mar gum biodh air cùl inntinn. Mar gum biodh droch aisling air a bhith aige. Bha e air dùsgadh is e mar seo, agus cha robh fuasgladh air tighinn. Uaireannan, smaoinich e, thigeadh e a-steach air, feadh an latha. An aisling. Bhiodh e air cadal math fhaighinn. Ach uaireigin, feadh na h-oidhche, bhiodh e ag aisling. Nuair a bha e beag, uilebheist às a dhèidh. E air chall ann an togalach mòr le tòrr rumannan, gun sgeul air duine a b' aithne dha. Nuair a dh'fhàs e beagan na bu shine, a' streap an àiteigin. Mu dheireadh, a' coimhead sìos air an t-sealladh. Ach bhiodh a h-uile rud a' falbh 's e dìreach na sheasamh

9

air leac. Ceudan de throighean fodha gun sìon ann.

A' mhadainn seo, cha tigeadh aisling sam bith gu cuimhne Darren.

Bha a phiuthar, Janie, ag obair air ceum oilthigh ann an Saidhc-eòlas. Bhiodh ise ag ràdh gun robh e cudromach a bhith ag aisling. Gun robh e a' toirt cothrom dha d' inntinn seagh a dhèanamh dhe do bheatha. Na rudan a bha air tachairt feadh an latha. Math is dona. Duilgheadasan, dùbhlain, caraidean, buaireadh, toileachas.

"Bidh buaireadh an seo ma chì Mgr Gòrdan gu bheil mi 'air falbh' mu thràth," thuirt Darren ris fhèin.

Bha an luchd-teagaisg air fad a' mothachadh gum biodh inntinn Darren a' siubhal on chuspair gu math furasta. Bhiodh cuid aca a' trod, ged a bha fhios aca nach b' e droch rud sam bith a bha a' tighinn ris. Dh'fheuchadh Mgr Gòrdan, an tidsear cànain, beagan fealla-dhà. Rudeigin mar, "Darren! A bheil thu seo? Neo anns na speuran? Aig muir? Ann a' Hong Kong?"

Bha Mgr Gòrdan an-dràsta fhèin a' sgrìobhadh rudeigin air beulaibh a' chlas:

"Rudeigin a rinn mi neo rudeigin a thachair dhomh ann an saor-làithean an t-samhraidh."

Thòisich a' ghearain.

Thòisich Darren còmhla ri càch. A' bualadh a

mhala le bhois. A' dèanamh fuaim mar gum biodh
e ga thachdadh.

Bho oir a shùil, mhothaich e do Chalum
MacRath, a charaid, ri thaobh, a cheann crom agus
a logaidh dhonn na shùilean, mar a b' àbhaist. Cha
robh esan a' gearan idir. Bha e a' sealltainn air
Darren, fon t-sùil, gu math diombach, shaoil am fear
eile. Thàinig seòrsa de nàire air Darren.

"Carson a tha mi a' dèanamh seo?" smaoinich e
ris fhèin. "Chan eil e a' còrdadh ri Calum. Bidh e
a' dèanamh dragh dha."

Bha Darren agus Calum air a bhith nan dlùth
charaidean o bha iad sa bhun-sgoil. Chanadh tòrr
gum b' e Darren an aona charaid a bh' aig Calum.
Chanadh cuid gun robh duilgheadasan aig Calum le
daoin' eile. A thaobh càirdeis is modh is còmhradh,
mar eisimpleir. Ach 's dòcha gun canadh Darren gum
b' ann aig a h-uile duin' eile a bha na duilgheasan.
Gu math tric, cha bhiodh Calum cinnteach ciamar
a dh'fhosgladh e còmhradh. Math dh'fhaoidte gun
canadh e ri cuidegin sa chlas rud mar, "Tha mi an
dòchas gu bheil thu gu math an-diugh," an àite,
"Dè do chor?" neo "Dè tha dol?" Ach, chanadh
Darren, nach robh sin mòran na bu ghlice na bhith
ag èigheach, "Io!" is a' togail do làimh gu h-àrd son
làmh an duin' eile a bhualadh? Agus b' iad sin
feadhainn a chanadh nach robh duilgheadas aca.

Bho thòisich e sa bhun-sgoil, bha Calum air a bhith a' cur seachad beagan ùine air leth còmhla ri tidsear a bha eòlach air na duilghdeasan aige. Bhiodh Calum, mar gum biodh, a' dol a-steach air fhèin aig uairean. Shaoileadh tu nach robh na bha e a' dèanamh neo far an robh e a' còrdadh ris. Nuair a bha e beag, bha e buailteach air cuspair eile a thogail an àite an rud air an robh an tidsear a' bruidhinn. Chuireadh seo an clas troimh-a-chèile. Bha e na leisgeul dhan fheadhainn bheag eile tòiseachadh air gearan. A' dèanamh fuaim, a' gàireachdainn, ag ràdh rudan mar, "Ò, a Chaluim!" "Calum a-rithist!", "Ist, a Chaluim!"

B' urrainn dha a-nis rudan a chleith. Rudan mar an dragh a bhiodh tòrr èigheach is fuaim a' dèanamh dha. Glè ainneamh, bhiodh aige ri èirigh a-mach às a' chlas. Ach dhèanadh e sin air a shocair, a' dèanamh sanas beag ris an neach-teagaisg anns an dol seachad. Bha Calum fìor mhodhail, an-còmhnaidh a' cleachdadh, "mas e bhur toil e", "tapadh leibh" is "gabhaibh mo leisgeul". Ge bith dè na dòighean anns an robh Calum eadar-dhealaichte, bha Darren gam faicinn mar a chitheadh tu dath sùilean neo fuilt. Bha Calum air adhartas mòr a dhèanamh. Cha bhiodh mòran a' bigeis air a-nis, a thaobh a dhuilgheadasan, an taca ris mar a bha cùisean anns a' bhun-sgoil. Bha e math air sealltainn às dèidh Seòna, an cù aige. Ga biathadh, ga bruisigeadh 's ga toirt air sgrìob.

Bha Darren ceart, an turas seo, mu Chalum. Cha robh am fuaim 's an ùpraid seo a' còrdadh ris. Nuair a bha e na b' òige, chuireadh e a làmhan air a chluasan a chionn 's gun robh am fuaim a' dèanamh dragh dha. Bha Darren air mothachadh gun suidheadh Calum a-nis, gun ghuth a ràdh. Bha fios aige gun stadadh am mì-mhodh uaireigin. Cuideachd, bha feadhainn anns a' chlas a dhèanadh barrachd fuaim nan toireadh iad an aire gun robh e a' dèanamh dragh do Chalum. Sguir Darren dhen obair a bh' air is shuidh e gu socair.

Thog Mgr Gòrdan a làmh, a bhois fosgailte.

"Ceart! Gu leòr!" ars esan le guth làidir.

Stad an othail. Thill Mgr Gòrdan air ais gu a ghuth àbhaisteach.

"Nise, fòghnaidh sin dheth," thuirt e gu socair. "Tha fhios a'm dè tha sibh a' smaoineachadh. Seo a' chiad latha air ais san sgoil às dèidh sia seachdainean de shaor-làithean. Tha sibh air a bhith a' dèanamh an aon phìos sgrìobhaidh seo mu na saor-làithean on a bha sibh ochd bliadhna. 'S dòcha a' chiad turas gun do sgrìobh sibh rudeigin mun t-sìde, am biadh a dh'ith sibh agus cò bha còmhla ribh.

"Nuair a dh'fhàs sibh beagan na bu shine, agus

13

's dòcha na bu ghlice," 's e a' sealltainn gu cruaidh air Darren, "math dh'fhaoidte gun do chuir sibh ris beagan de bheachd neo de ghnothach pearsanta, mar eisimpleir, cho math 's a bha e ùine a chur seachad còmhla ri bhur seanair neo bhur seanmhair."

Lean Mgr Gòrdan air, mu dhiofar sheòrsachan sgrìobhaidh. Dh'fhàs Darren na b' fhoiseile, a' cluinntinn facail mar, "meòrachail" agus "breithneachail".

"Chan eil mi ag iarraidh fios mun h-uile car a ghabh sibh fad an t-samhraidh," bha Mgr Gòrdan ag ràdh.

Thuig Darren gun robh an tidsear cho diombach leis-san 's a bha e leis a h-uile duin' eil' aca. Mar a bha Calum. Bha e air sùil gu math feargach a thoirt air gun teagamh. Shaoil e nach robh còir aige a bhith cho amaideach.

Bha e ag èisteachd, a' togail na bha cudromach. "Àite annasach, inntinneach," thuirt Mgr Gòrdan. "Rudeigin às ùr, cuideigin eadar-dhealaichte ris an do thachair sibh, 's dòcha nach do bhruidhinn sibh, gam faicinn còig mionaidean air trèana neo mar sin. Sealladh, sgeulachd, cha leig e leas a bhith fìor. Faodaidh sibh sgrìobhadh ann an nòs sam bith."

Bha inntinn Dharren air tòiseachadh ri siubhal. Thill e chun a' chuspair. Dè thachair aige fhèin? Mar a b' àbhaist, bha saor-làithean glè mhath air a bhith aige. Agus an turas seo, cha robh athair, Dòmhnall, a' falbh 's iad seachad. An àite a bhith an sàs am pròiseactan mòra, a' toirt a-mach na h-ola thall thairis, bha e gu bhith a' fuireach aig an taigh. Oifis mhòr dha fhèin am meadhan a' bhaile. Agus bha e airson gum biodh e còmhla ri a mhac tòrr a bharrachd na b' àbhaist dha. Ball-coise is iomain – an dà spòrs a bhiodh e fhèin a' cluich aig aois Darren. Bha athair air club a lorg eadar am baile agus an dachaigh aca. Raointean cluiche, gu leòr dhaoine son sgilean ball-coise ionnsachadh dhan fheadhainn òga. Bha sgioba iomain aig an Oilthigh. Bha iadsan airson deugairean a thrèanadh, airson gum biodh iad math air iomain nuair a thigeadh iad gu aois. A' smaoineachadh air a seo an-dràsta, cha robh fhios aig Darren gu dè bha ga fhàgail cho iomagaineach.

"'S fheàrr dhomh tòiseachadh," arsa Darren ris fhèin.

Dè rinn iad? Bha iad air a bhith beagan làithean an Dun Èideann. Chunnaic iad dealbh, air a peantadh, ann an gailearaidh. 'An Rìgh Deòrsa a' tighinn a Dhùn Èideann.' Dealbh gu math dearg. Trusgain nan saighdearan. An innseadh e mun latha sin mar gum b' e fear de na saighdearan a bh' ann?

Leig Mgr Gòrdan leotha sgur beagan ùine ron chlag chionn 's gum b' e a' chiad leasan cànain a bh' ann. Phut Darren bhuaithe an leabhar sgrìobhaidh aige 's thionndaidh e son bruidhinn ri Calum. Bha rudeigin ceàrr, smaoinich Darren.

"Chan eil Seòna gu math," thuirt Calum.

Cha tuirt Darren guth. Bha fhios aige gum b' fheàrr le Calum obrachadh mar sin. Cha bu toigh leis cus cheistean.

Lean Calum air. "Tha i a' fàs sean. Thuit i aig na saor-làithean is sinn a-muigh a' coiseachd. B' fheudar dhuinn a togail sìos chun a' chàir. Cha robh i air a goirteachadh idir. Chaidh i ann an laige, thuirt a' bheat. A cridhe a' fàs lag. Chan eil e math. Tha i còig-deug."

Bha Calum a' coimhead draghail, tùrsach. "Thuirt Mam gum feum sinn cuimhneachadh gu bheil Seòna sean. Ma tha cù còig-deug, tha i sean. Tha e mar gum bithinn-sa ceud bliadhna 's a còig." Sheall Calum air Darren. "Chan eil mi airson gum bàsaich Seòna."

Chuir seo eagal air Darren. Cha robh fhios aige de dhèanadh Calum nan tachradh e. Cha robh e a' creidsinn gun sileadh e aon deur. Cha b' e nach biodh e duilich, ach cha bhiodh Calum a' rànaich uair sam bith. Nuair a bha e beag, is rudeigin goirt neo a' dèanamh dragh dha, bhiodh e a' dèanamh seòrsa de dh'èigheach, às aonais dheòir. Ach bha e air sgur dhe sin. Uaireannan, 's e ann am fìor èiginn, chuireadh e a làmhan air a chluasan is dhèanadh e fuaim neo-àbhaisteach.

Thàinig e a-steach air Darren nach tuirt e guth air ais. "Chan eil mis' airson gum bàsaich i nas motha," thuirt e.

Bha seo cho fìor 's a ghabhadh, shaoil e. Bha Seòna is Calum còmhla an-còmhnaidh. Cha b' urrainn Darren smaoineachadh air mar a bhiodh cùisean 's gun i ann.

# CAIBIDEIL 2

Bha Darren is Calum air a bhith air ais san sgoil beagan sheachdainean. Bha obair an treas bliadhna a' còrdadh ris an dithis aca. Bha cuspairean far an cleachdadh e mac-meanmna a' cordadh gu h-àraidh math ri Darren. Bu toigh leis sgeulachdan agus bàrdachd, gan sgrìobhadh agus a' toirt seachad beachd air rud a sgrìobh duin' eile. Bha deasbad a' còrdadh ris cuideachd, còmhla ris a' chlas air fad neo am buidhnean.

Bha Calum na b' fheàrr air cuspairean sgoile a chanadh duine a bha "fìor". Saidheans, nàdar, cruinn-eòlas. Fhathast, ge-tà, bha e doirbh do Chalum eòlas a chur air daoine. Agus bha e doirbh buileach dha bruidhinn air mar a bha e a' faireachdainn. Bu toigh leis a bhith a' còmhradh mu shaidheans agus nàdar. Na planaidean. Rionnagan agus reul-bhadan. Agus bu toigh leis a bhith a' còmhradh mu ainmhidhean. Mucan-mara, leumadairean, dòbhrain, gràineagan, coin. Seòna gu h-àraidh.

Air an treas bliadhna, bhiodh Darren agus Calum còmhla an corra chlas, a bharrachd air a bhith a' coinneachadh às dèidh na sgoile 's aig deireadh na seachdain. Mar as tric a thachras, an dèidh dhan sgoil tòiseachadh air ais, bha sìde àlainn ann. Ghabh iad an cothrom a bhith a-muigh còmhla ri Seòna. Chuir Darren uimhreachd oirre. Bha i a' coiseachd na bu shlaodaiche. Stadadh i greiseag a' gabhail a h-anail. Corra uair, laigheadh i air an fheur, mar gum biodh i gu math sgìth.

Cha robh cuimhn' aig Calum air uair nach robh Seòna ann. Seòna, dìreach Seòna. Cù. Cha robh cuimhn' aig' oirre na cuilean agus cha robh sin na iongnadh, oir bha i na bu shine na Calum. Fhuair Alison agus Seumas, athair agus màthair Chaluim, an cù agus i gu math òg. Cha robh iad am beachd cuilean fhaighinn idir. Cha robh iad air bruidhinn neo smaoineachadh mu dheidhinn. Bha dùil aca ri Calum aig an àm.

Bha Darren air tòrr a chluinntinn mun latha a fhuair iad Seòna. Fhad 's a bha e fhèin is Calum a' fàs suas, chluinneadh e pìos eile dhen sgeulachd. 'S dòcha gun tachradh rudeigin a chuireadh an latha a bha siud an cuimhne cuideigin. Thòisicheadh còmhradh mu dheidhinn. Shuidheadh Seòna gan èisteachd, mar gum biodh i ag ràdh, "'S ann ormsa a tha sibh a' bruidhinn."

Bha na smuaintean seo a' dol tro inntinn Darren, feasgar san t-Sultain, is e na shìneadh air uachdar na leapa. Bha e luasganach na inntinn a-rithist. Bhiodh an trèanadh airson ball-coise a' tòiseachadh an-ath-sheachdain, agus iomain ann an ceala-deug neo mar sin. 'S dòcha nan dùineadh e a shùilean greiseag? Ach bha Seòna a' dèanamh dragh dha. Bha an t-sìde air atharrachadh – frasan, 's gun e buileach cho blàth. Bha Seòna air a bhith eadar-dhealaichte an-diugh, mar gum biodh an t-sìde fhrasach a' còrdadh rithe. Bha i fhathast a' fàs sgìth gu math luath ge-tà. Cha robh Darren a' faireachadh ro dhòchasach.

Thòisich e fhèin is Calum a' còmhradh air ais 's air adhart air mar a fhuair iad Seòna. Bha còmhradh mar seo a' dèanamh seòrsa de dh'fheum do Chalum. Agus, smaoinich Darren, dha fhèin cuideachd. Thàinig e a-steach air gun robh e, air dòigh, airson gum biodh rudan mar a bha iad o chionn fhada. Cha robh e idir a' coimhead air adhart ri bhith a' gabhail pàirt ann an spòrs. Bhiodh e a-muigh is an oidhche a' fàs fada is an t-sìde a' fàs fuar. Dhùin e a shùilean. Bha e dìreach ag iarraidh a bhith socair. A' smaoineachadh air rudeigin nach fhàgadh fo iomagain e. Thàinig guth Chaluim a-steach air, ag innse mar a thàinig Seòna.

"'S ann sa phàipear a chunnaic Mam dealbh Seòna. Bha feadhainn ga toirt seachad a chionn 's nach b' urrainn dhaibh sealltainn às a dèidh. Thuirt Mam gun robh i coltach ri nighean anns an dealbh, le falt fada bàn."

Chuimhnich Darren air a' ghàire bheag, chlaon a bhiodh air aodann Chaluim, nuair a dh'innseadh e seo. Uaireannan fhathast, chanadh Alison gun robh Calum "a' cìreadh falt Seòna". Nam biodh athair Chaluim timcheall, chanadh e anns a' mhionaid, "A' bruisigeadh! A bian!" Bha e an-còmhnaidh na adhbhar spòrs dhaibh.

Thill e chun na sgeulachd a-rithist, mar a chual' e fichead uair i. Guth Chaluim na cheann a-rithist. "Fhuair iad Seòna dìreach an-ath-latha. A' mhadainn às dèidh do Mham a faicinn anns a' phàipear-naidheachd. Thuirt Dad gun robh e cho neònach mar a thachair e. Bha e tuilleadh is anmoch dhaibh fònadh air an oidhche fhèin. Chaidh Dad a chumail air ais le tubaist rathaid a bha e fhèin agus poileasman òg eile a' frithealadh. Nuair a dh'fhòn e sa mhadainn, bha an fheadhainn a thuirt gun gabhadh iad Seòna air fios a chur nach b' urrainn dhaibh sin a dhèanamh a-nise.

"Bidh Mam an-còmhnaidh ag ràdh gun robh e an dàn dhuinn Seòna a bhith againn," chanadh Calum.

"Chan eil mi cinnteach dè tha sin a' ciallachadh. Ach tha i toilichte nuair a chanas i e. Bha nighean, Lisa, a bhiodh a' coimhead ri Seòna ann an dachaigh nan con. Bha Seòna mar gum biodh i a' smaoineachadh gun tigeadh Lisa dhachaigh còmhla rithe. Ach nuair a fhuair iad dhachaigh i, bha i ceart gu leòr. Às dèidh dhi a dhol timcheall, agus a-staigh dhan a h-uile rùm, chaidh i a-staigh dhan leabaidh aice. Bha Dad dìreach air an leabaidh a cheannach an latha sin fhèin. Tha mi a' smaoineachadh gur e seo an treas leabaidh aice."

"Nach iongantach," shaoil Darren ris fhèin, airson an fhicheadamh turais, "mar a bhruidhneas Calum air Seòna. Chan urrainn gu bheil e ga faicinn dìreach mar chreutair – leumadair, neo gràineag. Tha i na caraid dha. Ach cha toigh leis a bhith a' bruidhinn air càirdeas. 'S e càirdeas sònraichte th' ann ge-tà. Chan iarr Seòna sìon air. Cha toir i breith. Tud! Tha mi a' tionndadh na mo phiuthar!" smaoinich e.

Ghabh Seòna cho math ri Calum nuair a rugadh e. Feadh an latha, chaidleadh i ri taobh na creathaill. Nan dùisgeadh e, dh'èireadh i 's i a' crathadh a h-earbaill. Shealladh i feuch an tigeadh cuideigin a shealltainn ris. Feadh na h-oidhche, bhiodh i na leabaidh fhèin anns a' chidsin is esan gu h-àrd. Chluinneadh i a h-uile dad ge-tà, is thigeadh i gu bonn na staidhre nan cluinneadh i ràn.

Mun àm a bha Calum a' dol dhan bhun-sgoil, bhiodh Seòna a' cadal anns an rùm aige. Gu math tràth, bha na dotairean a' smaoineachadh gun robh duilgheadasan aig Calum. O bha e beag, bìodach, bha buaidh mhòr aig Seòna air. A' dùsgadh feadh na h-oidhche, bha uairean nach dèanadh a thogail 's a ghaolachadh feum idir dha. Ach bhiodh e cho socair 's a ghabhadh is e a' slìobadh druim Seòna.

Bha cuimhn' aig Darren cho math 's a ghabhadh air an latha a thòisich e fhèin 's Calum anns a' bhun-sgoil. Cha do ghabh Calum ris an sgoil idir an toiseach. Bha a h-uile h-àite cho mòr, a h-uile rud cho ùr. Bha tòrr fuaim is gluasad ann. Bhiodh e tric troimh-a-chèile. Às dèidh na sgoile, thigeadh e dhachaigh is rachadh e a-staigh do bhasgaid Seòna còmhla rithe. Dh'innseadh e dhi a h-uile rud a thachair feadh an latha, fhad 's a bhiodh e ga slìobadh neo ga bruisigeadh. Shuidheadh i gu socair, foighidneach mar gum biodh i ag èisteachd ris. Mar sin, bha e cho nàdarra 's a ghabhadh gun caidleadh i na basgaid fhèin faisg air leabaidh Chaluim. Thigeadh a' bhasgaid a-nuas an staidhre feadh an latha. Gheibheadh i norrag a ghabhail an sin nam biodh i feumach air.

Aig an dearbh àm sin smaoinich Darren gun robh e fhèin feumach air norrag. Cha bhiodh an cothrom sin aige a dh'aithghearr. Bhiodh an trèanadh a' tòiseachadh an-ath-sheachdain.

"Thig atharrachadh mòr an uair sin," smaoinich e ris fhèin, is e a' tuiteam na chadal.

# CAIBIDEIL 3

Cha robh dùil aig Darren gum biodh e cho sgìth às dèidh dha a bhith a' trèanadh. Thuige seo, b' e glè bheag a bha e air a dhèanamh. Cairteal na h-uarach, 's dòcha, aig cleasachd son na fèithean altachadh mus tòisicheadh iad air gèam. Bha e a' faireachadh cho slaodach anns a' mhadainn. Bhiodh a chorp rag nuair a dh'èireadh e às dèidh a bhith na shuidhe sa chlas. Bha e an dòchas gun tigeadh e suas ris, gum fàsadh e eòlach. Bha e neònach buileach gun robh eanchainn a' faireachdainn sgìth cuideachd. Bha inntinn buailteach a bhith a' siubhal, ach bha e mar gum biodh e a' call a thùr airson beagan làithean. Mar sin, cha robh e air Calum fhaicinn cho tric 's a b' àbhaist dha.

Bha e fhèin 's Calum a' tighinn dhan sgoil bho dhiofar thaobhan. Mar bu trice, bhiodh iad a' coinneachadh 's a' coiseachd a' phìos mu dheireadh còmhla.

Aon mhadainn aig toiseach an Dàmhair, choinnich iad mar a b' àbhaist. Mhothaich Darren

gun robh Calum beagan eadar-dhealaichte. Dh'fhàg
e aig Calum fhèin e. Nam biodh e airson rud a
ràdh, dhèanadh e sin. Bha iad gu bhith aig an sgoil
nuair a stad Calum. Thionndaidh e is choimhead e
dìreach air Darren.

"Bhàsaich Seòna," thuirt e.

Dh'fhairich Darren mar gum buaileadh rudeigin
trom ann. Le duine eile, chanadh tu anns a' mhionaid
gun robh thu duilich. 'S dòcha gum faighnicheadh
tu rudeigin mar cuin is càite. Ach le Calum, bha
e eadar-dhealaichte. Shaoil e gun robh iad nan
seasamh mar siud ùine mhòr mus tuirt Calum,
"A-raoir. Dìreach mu sheachd uairean. Chaidh sinn
cuairt bheag. Ach cha robh i ag iarraidh a bìdh.
Bha aonach oirre is i dìreach na suidhe anns an
leabaidh aice. Bha sinn a' dol ga toirt chun a' bheat.
Ach chaidh i na bu mhiosa. Bha i a' gearan beagan.
A' feuchainn ri mo làmh imlich. Sheall i orm agus
bhàsaich i."

Mus d' fhuair e smaoineachadh ceart, thuirt
Darren, "A bheil còir agad a bhith san sgoil?"

"Thuirt Mam sin," arsa Calum, "ach càit eile am
bithinn?"

Ràinig iad an sgoil. Bha an clag air bualadh agus
bha aca ri dhol gu rumannan air leth.

"Dè mura dèan Calum an gnothach?" thuirt
Darren ris fhèin. Cha bhiodh iad ach an corra chlas

còmhla. Bha cuid fhathast a bhiodh suarach ri
Calum. Co-dhiù nam mothaicheadh iad gun robh
rudeigin a' dèanamh dragh dha. Bha e aig rùm nan
tidsearan treòrachaidh. Chuir e a cheann timcheall
an dorais. Bha Mrs Black, an tidsear aig Calum
a' dèanamh deiseil son clas a theagasg.

"Thàinig thu mu Chalum?" thuirt i, a' togail a
cinn is a' coimhead air Darren gu coibhneil. "Tha
e ceart gu leòr. Dh'fhòn a mhàthair. Chuir mi fios
beag gu na tidsearan aige."

Chan fhac' e Calum a-rithist gu àm dinnearach.
Thòisich ciuthrach mìn an dèidh dhaibh am biadh
a ghabhail. Bha iad nan suidhe air being ann an
seada nam baidhsagal.

"Thuirt Dad gum faod sinn Seòna a thiodhlacadh
faisg air Caisteal an Droma," thuirt Calum. "Tha
àite son pheataichean an sin."

Cha tuirt Darren ach, "Ceart." Bha e airson
cothrom a thoirt do Chalum tuilleadh a ràdh, nam
biodh e 'g iarraidh.

"An tig thu còmhla rinn?" dh'fhaighnich Calum.
"Feasgar. Às dèidh na sgoile."

"Thig," thuirt Darren. "Thig gu dearbh."

"Tapadh leat," thuirt Calum. Bha amharas air
Darren gun robh rudeigin eile ag obair air.

"Thuirt Mam gum bu chòir dhuinn cù eile
fhaighinn," thuirt e am beagan mhionaidean. "Cù

a tha gun dachaigh. Às an àite far an d' fhuair iad
Seòna." Thionndaidh e is sheall e air Darren.

"Chan eil sin ceart," thuirt e. Sheall e air falbh.
"Chan eil mi ag iarraidh cù eile. A' cadal ann an
leabaidh Seòna."

Thiodhlaic iad Seòna feasgar. Bha iad an dèidh
a suaineadh ann an siotaichean. Chladhaich athair
Chaluim àite dhi agus lìon e a-steach e às a dhèidh.
Chuir a mhàthair ròs phinc air an uaigh. Cha tuirt
Calum ach aon fhacal, "Seòna." Mhothaich Darren
gun robh grèim aige air làimh air a mhàthair nuair
a thill iad chun a' chàir.

# CAIBIDEIL 4

Anns na beagan làithean às dèidh seo, cha robh Darren is Calum a' fàicinn mòran dhe chèile. Chaidh seachdain seachad. Bha Calum ag èirigh, a' dol dhan sgoil mar a b' àbhaist. Bha e a' dèanamh a chuid obrach, 's a' tilleadh dhachaigh. Ma bha caran rin dèanamh timcheall an taighe, dhèanadh e iad sin. Dhèanadh e obair dachaigh agus beagan leughaidh neo beagan rannsachaidh air an eadar-lìon. Shaoil a mhàthair gun robh e air ceum air ais a ghabhail. Cha robh e cho beothail. Cha mhotha a bha e a' cantainn mòran. Cha robh e na chuideachadh nach robh Darren mun cuairt ach ainneamh.

Am feasgar ud, chaidh Calum dhachaigh às dèidh na sgoile. Rinn e cupan dha fhèin 's dha mhàthair. Bha i aig a' chunntair, a' coimhead air a' choimpiutair.

"Seall seo," ars ise. Choimhead Calum air an sgrion. Bha tòrr dhealbhan de choin ann.

"Tha iad seo a' lorg dachaigh," thuirt i ris.

Bha e mar gun d' rachadh Calum às a chiall.

"CHAN EIL mi ag iarraidh cù eile," is e a' togail a bhaga-sgoile is ga thilgeil gu taobh eile a' chidsin. "Carson a bhithinn ag iarraidh cù sam bith eile? Chan eil mi ag iarraidh ach SEÒNA!" Thug e breab dhan t-sèathar, ga shadadh chun an làir. "Agus tha Seòna MARBH! BHÀSAICH I! Chan eil e coltach ri teadaidh a tha air chall! Far an dèan fear eile an gnothach! Chan e pàist' a th' annam! CHA DÈAN pòg nas fheàrr e! CHA CHUIR suiteas ceart e! CHA TIG cù eile a chadal anns an leabaidh aig Seòna!"

Leis a sin, thug Calum a' bhreab a b' uamhasaiche dhan bhalla. Nochd toll mòr anns a' phlèastar. Ruith e a-mach air doras a' chidsin agus suas an staidhre dhan rùm aige fhèin. Dhùin e an doras agus shuidh e air oir na leapa.

Bha e air chrith.

Shìos anns a' chidsin, bha a mhàthair na suidhe aig a' bhòrd. Shuidh i air ais anns an t-sèathar agus leig i osna mhòr.

"Chan eil cù a dhìth oirnn, tha e coltach," ars ise a-mach mòr.

Bha i a' toirt suil a-steach dhan toll a rinn Calum sa bhalla feuch am faiceadh i gu ruige an rùm eile nuair a chual' i iuchair Sheumais, athair Chaluim, anns an doras.

"Aidh, aidh!" ars esan, a' cur dheth seacaid a' phoilis. "Thug thu iomradh air cù ma-thà."

Cha b' urrainn dhi gun ghàire a dhèanamh, leis cho leamh 's a bha i a' faireachdainn.

"Ciamar tha fhios agad?" dh'fhaighnich i.

Rinn Seumas crathadh guailne. "Tha mi cliobhar," ars esan ga glacadh gu teann. "An tèid sinn suas far a bheil e?" agus e ag aomadh a chinn. "Neo mise leam fhèin? Thusa leat fhèin?"

Thionndaidh iad le chèile nuair a chual' iad fuaim beag air an cùlaibh. Sheall Calum air an dithis aca.

"Tha mi duilich, a Mham; tha mi duilich, Dad," thuirt e. "Cuiridh mi seo ceart."

Thog e leis a' bhasgaid anns am biodh Seòna a' cadal agus chaidh e suas gu a rùm a-rithist. Thill e ann an tiotan.

"Tha mi duilich," thuirt e a-rithist, a' glacadh a mhàthar greiseag thuige fhèin gu clobhdach. "Thuirt mi nach b' e leanabh a bh' annam. Ach tha an obair seo gu math leanabail."

"Cha robh còir agamsa..." thòisich i, ach thuirt Calum, "Chan eil mi airson bruidhinn air. Càirichidh mi seo, Dad. Cha leig sibhse a leas sìon a dhèanamh."

Nuair a nochd Darren air a shlighe dhachaigh bho thrèanadh an sgioba iomain, bha Calum ag obair air am balla a chàradh.

"Beagan DIY?" dh'fheòraich e, a' sealltainn bho dhuine gu duine.

Mhaoidh màthair Chaluim air le a sùilean. Cha tuirt e an còrr ach, "Ag iarraidh cuideachadh?"

An ceann cairteal na h-uarach b' fheudar Darren sgur dhen obair. Bha e còmhdaichte le plèastar. Cha robh e na chuideachadh air thalamh do Chalum. Gu fortanach, bha e air an deise-obrach a thairg athair Chaluim dha a chur air, air neo bhiodh e air a ghànrachadh gu buileach. 'S e rinn an sogan ris a' chupa tì a chuir Alison air a bheulaibh.

"Obh, obh," ars esan. "Abair cruadal!"

Thug e sùil air a charaid. Bha Calum gu sèimh, socair a' gluasad an inneal plèastraidh bho thaobh gu taobh, sìos is suas air a' bhalla, ga dhèanamh rèidh, còmhnard. Mu dheireadh, shuidh e aig a' bhòrd ri taobh chàich.

"Nì sin an gnothach an-dràsta," thuirt e, a' coimhead air a chuid obrach. "Nuair a bhios e tioram, feumaidh mi a dhèanamh rèidh le pàipear-gainmhich. An uair sin, bheir mi ruith eile air leis a' phlèastar. 'S màithte trì no ceithir a thursan?"

Cha tuirt athair guth ach rinn e gàire beag ris fhèin. Mura b' e gun robh e a' faicinn Chaluim aig ceann a' bhùird, is gun robh fios aige gur h-e a bha a' bruidhinn, shaoileadh e gum b' e athair fhèin a bh' ann 's nach b' e a mhac. Bha abairtean a sheanar aige. "Bheir mi ruith eile air" agus "'S maithte", mar a chanadh na seann daoine, an àite "'S dòcha".

"Càit an do dh'ionnsaich thu seo?" dh'fhaighnich Darren, ag aomadh a chinn taobh a' bhalla.

"Mo sheanair," fhreagair Calum. "Nuair a chaidh e fhèin is Gran a dh'fhuireach dhan taigh ùr, cha mhòr gun robh sìon ceart." Chunntais e air a chorragan, "An làr a' dìosgail, uinneagan is dorsan a' glagadaich, ballaichean mì-chòmhnard. Deich bliadhn' o chaidh an taigh a thogail. Thug iad ùine mhòr a' lorg taigh gun staidhre. Bha an taigh anns an robh iad na b' fhèarr. Agus chaidh am fear sin a thogail o chionn leth-cheud bliadhna!"

Bha fhios aig Darren gun d' fhuair seanair is seanmhair Chaluim taigh ùr bho chionn greis. Taigh 's gun staidhre ann. Bha seanmhair Chaluim a' fulang le tinneas nan alt, agus bha e doirbh dhi a bhith a' dìreadh agus a' teàrnadh na staidhre. Bu toigh le Calum a bhith ag obair còmhla ri sheanair, a' cur an taighe air dòigh. Agus 's e a bhith a' dèanamh a' phlèastraidh an dearbh obair dha. Far nach robh fuaim mòr. Agus far nach robh innealan beaga gan cleachdadh. Cha dèanadh e sìon de dh'obair far am biodh feum air òrd is tàirnean beaga.

Dh'èirich Darren. "'S fheàrr dhomh teicheadh," thuirt e. "Chì mi feasgar a-màireach thu. Clas Mgr Gòrdan."

# CAIBIDEIL 5

Bha iad gu bhith ag obair ann am buidhnean, air bàrdachd, bha e coltach. Cha bhiodh Mgr Gòrdan a' leigeil leotha buidhnean a thaghadh idir. Bhiodh e a' dèanamh measgachadh orra – feadhainn ris an robh bàrdachd a' còrdadh còmhla ri feadhainn a bha coma dhith. Chuireadh e feadhainn a bha nan dlùth charaidean am buidheann air leth cuideachd. Bha sin a' ciallachadh nach faigheadh Darren facal air Calum mu ghnothaichean aig an taigh. Chan fhaiceadh iad càch a chèile gus am biodh iad ann an Eachdraidh feasgar. Bha uair a bhiodh iad an-còmhnaidh san aon bhuidheann, ach bha an luchd-teagaisg a' mothachadh gun dèanadh Calum an gnothach às aonais Darren. Bha iad airson an t-adhartas seo a chumail a' dol.

B' e a' chiad phìos, Eilean Fraoich, air a sgrìobhadh le cuideigin a dh'fhàg eilean an àraich 's a chaidh a-null thairis. Bha a' bhàrdachd eile a' tòiseachadh *A-màireach thèid mi dhachaigh do m' eilean*. Bha an dòigh-sgrìobhaidh is na briathran gu tur eadar-dhealaichte.

34

Bhiodh obair mar seo a' còrdadh ri Darren. Bha e math beachdan chàch a chèile fhaighinn, gun an tidsear a bhith a' stiùireadh a' ghnothaich. Gu math tric bhiodh cuideigin anns a' bhuidheann a bha gu tur an aghaidh a bheachdan fhèin is chòrdadh beagan deasbaid ris.

Cha mhòr nach robh a h-uile duine air Eilean Fraoich a chluinntinn air a sheinn, uair neo uaireigin. An turas seo, bha Darren gu bhith a' sgrìobhadh nan notaichean agus bha Laura a' dol a dhèanamh aithisg dhan chlas air fad. Bha Darren toilichte gun robh leithid Laura sa bhuidheann. Thug ise sùil air fear a bha còmhla riutha, Teàrlach, a dh'fheuchadh ri cùis-mhagaidh a dhèanamh dhen a h-uile dad, agus an uair sin thug i sùil air ais air Darren. Thog esan òrdag, gun fhiosta, a' sealltainn gun do thuig e, "Cùm do shùil air an fhear seo."

'S i Laura fhèin a thòisich, nuair a leugh iad an dà phìos anns a' bhuidheann. "Uill, chuala sinn uile Eilean Fraoich ga sheinn, nach cuala?"

Bha Teàrlach a' riadhan air an t-sèathar aige – rud a bhiodh a' cur a' chuthaich air Mgr Gòrdan. Bha e a' leigeil air gun robh e cho mòr is nach leigeadh e leas diù a thoirt don obair. "Pfft," ars esan, neo fuaim gu math coltach ris.

Thàinig Eilidh a-staigh gu cabhagach.

"Chuala," thuirt i. "Bha e air prògram air an TV

o chionn ghoirid. Bha e dìreach àlainn. Dithis ga sheinn. Tha mi a' smaoinntinn gur e mac is athair a bh' annta. Bha am fear òg a' tòiseachadh agus am bodach a' tighinn a-steach facal neo dhà às a dhèidh. Mar a sheinn iad e, bha e dìreach coltach ri salm."

"Ha! Salm!" arsa Teàrlach. "Dè bh'aig an tidsear air an obair a tha sinn a' dèanamh? Bàrdachd! Sibhse a' bruidhinn air 'seinn' is 'salm'!"

Thionndaidh Eilidh air gu fiadhaich.

"An aon rud a th' ann an òran 's ann am bàrdachd..." thòisich i.

Leis a sin agus leis an riadhan a bh' air Teàrlach, siud an sèathar air falbh agus Teàrlach air a dhruim.

Bha Mgr Gòrdan aig taobh eile an rùm, na shuidhe còmhla ri buidheann.

"Hoigh!" dh'èigh e. "Nach sguir thu dhen obair sin! Tha mi air mo theanga a bhleith ribh uile mu bhith a' riadhan air na sèathraichean. A liuthad tuiteam a rinn thu bho shèathar. Nì thu dìol air d' eanchainn latha brèagh' air choreigin."

"Ha!" arsa guth o bhuidheann eile. "Eanchainn? Chan eil a leithid a rud aige."

B' e Jordan a bh' ann, 's gàire beag mì-thlachdmhor air aodann.

Bha Teàrlach air a chasan gu math luath, a làmhan nan dùirn.

"Ceart ma-tà," ars esan ri Jordan. "Tha mi seo!"

Leum am fear eile gu chasan. Rinn an sèathar aige brag air a chùlaibh.

"Ceart! Tha mi deiseil!" shèid Jordan.

"Fòghnaidh sin!" dh'èigh Mgr Gòrdan. "Mach às an rùm seo mus dèan sibh milleadh. Sguiribh dheth!" Lean an ùpraid a-mach gu ruig' an trannsa. Leum triùir ghillean a-mach còmhla ri Mgr Gòrdan, ach bha luchd-teagaisg eile air am fuaim a chluinntinn. Bha iad air ruith a-mach dhan trannsa airson an dithis a sgaradh.

"Gu dè tha a' tighinn riutha siud?" dh'fhaighnich Ross.

"Tud!" thuirt Darren. "Nach ann mar sin a tha iad? Bidh iad cho mòr 's a ghabhas aig a chèile a-màireach."

Chuir Mgr Gòrdan a cheann timcheall an dorais. "Tha mi toilichte fhaicinn nach do chuir an ùpraid ud dragh oirbh," thuirt e. "Cumaibh a' dol le ur cuid obrach."

Air taobh thall an rùm, bha Calum na shuidhe anns a' bhuidheann aige fhèin, a' faireachdainn gu math an-shocair. Nuair a bha e na b' òige, chuireadh e a làmhan air a chluasan aig àm mar seo, neo chuireadh e a sheacaid timcheall a chinn. Cha robh cuid a bha còmhla ris air mòran aire a thoirt. Bha iad gu math dìcheallach. Bha tè aca ag ràdh cho inntinneach 's a bha e ìomhaigheachd mar seo a chleachdadh, a bharrachd air tòrr rudan eile a bha Calum a' saoilsinn gu math neònach. Bha Bethan, nighean bheag, shocair a bh' air a' chlas clàraidh aige, ri thaobh. Nighean laghach a bh' innte, an-còmhnaidh deònach duine a chuideachadh. Bha i beothail, sunndach, a sùilean donn a' deàrrsadh le toileachas. Bhiodh i daonnan grinn, sgiobalta, a falt donn ann an stoidhle goirid.

"Tha e ceart gu leòr a-niste, a Chaluim," thuirt i. "Cha till iad siud. Cuiridh mi geall gun cuir Mgr Moireasdan a-mach às an sgoil iad son lathaichean. Bha iad mar seo aig Cleasachd a' bhòn-dè cuideachd. Chan fhaigh iad seo leotha dà thuras."

"'S math nach bi rud mar seo a' tachairt tric," thuirt Calum.

Rinn Bethan gàire beag. "Tha thu ceart," thuirt i. "Rinn sinn gu leòr còmhraidh mun bhàrdachd, nach do rinn?"

Chrath Calum a ghuailnean. Cha tuirt e guth.

Bu toigh le Bethan Calum. Bha e eadar-dhealaichte. Chuir i a làmh air a làimh-san. Bha e a' coimhead beagan mì-chofhurtail, ach cha do tharraing e a làmh air falbh idir.

"Tha rudeigin eile ceàrr, nach eil?"

"Tha," thuirt Calum. "Bhàsaich Seòna." Cha tuirt e an còrr.

"Tha thu ga h-ionndrainn," thuirt Bethan an ceann greis.

"Tha," thuirt Calum.

"Ma tha peata agad, tha iad dìreach coltach ri do bhràthair neo do phiuthar," thuirt i.

"Tha," thuirt Calum.

Gu h-obann, thuirt Bethan, "Bidh mise a' cuideachadh le coin-iùil."

"Chan eil mi ag iarraidh cù eile," thuirt Calum, a' tarraing a làimh air falbh.

"Chan eil," thuirt Bethan gu cabhagach. "Chan e sin a bha mi a' ciallachadh. Chan e sin an seòrsa rud a bhios mi a' dèanamh. Cha bhi mi a' faighinn chon do dhaoine."

Fhuair i grèim air gàirdean Chaluim is rinn i seòrsa de shuathadh air. Cha bhiodh e a' còrdadh ri Calum daoine a bhith a' beantainn dha. Nan tachradh rud mar seo, bhiodh e a' gluasad air falbh. Bha e air ionnsachadh gun robh seo na b' fheàrr na duine a phutadh air falbh. Ach bha rudeigin mu Bhethan a chuir a mhàthair na chuimhne. Dh'fhan e far an robh e.

Lean Bethan oirre. "'S e inbhich air fad a bhios a' dol gu na coinneamhan. Mise an aon deugaire. Bhiodh e math cuideigin mu m' aois fhèin a bhith còmhla rium."

Cha tuirt Calum guth.

"Tha coinneamh comataidh againn a' chiad Dimàirt dhen mhìos," thuirt Bethan. "Bidh mi a' dol ann còmhla ri Ealasaid is Daibhidh. Tha iad a' fuireach faisg oirnn. Bidh iad ag àrach chuileanan airson a bhith nan coin-iùil. Tha cuilean às ùr aca a h-uile bliadhna. Tha iad cho snog!"

"Chan eil mi ag iarraidh cuilean fhaighinn," thuirt Calum.

"Tha fhios a'm, a Chaluim," thuirt Bethan, "ach chan eil sin a' ciallachadh nach fhaod thu am faicinn. Agus 's e rud uabhasach math a th' ann a bhith a' cuideachadh dhaoine. Bidh dithis dhaoine a tha dall a' tighinn gu na coinneamhan cuideachd. Bidh na coin aca còmhla riutha ge bith càit an tèid iad. Tha iad dìreach mìorbhaileach! Earl an cù aig Cairistiona agus Eamonn aig Harry. Agus bidh cù neo cuilean an-còmhnaidh còmhla rinn aig an stàile, ma thèid sinn gu fèill neo rudeigin. Tha iad uile cho laghach! Chòrdadh e riut dìreach am faicinn!"

Ge b' oil leis fhèin, bha Calum a' tighinn timcheall. Bha Bethan laghach. Agus bha e soilleir fhaicinn gun robh ùidh mhòr aice anns an obair agus gun robh e a' còrdadh rithe. Bha ùidh mhor aig Calum fhèin ann an coin is creutairean. Smaoinich e gum biodh e gu math inntinneach faighinn a-mach mar a bha na coin gan ionnsachadh.

"Nach tig thu chun na h-ath choinneimh againn? Dimàirt seo tighinn. Leth-uair às dèidh seachd. Talla na h-eaglaise, faisg air Crois na Banrigh. Nach tig thu fhèin is Darren ann? Chòrdadh e ris an dithis agaibh."

"Chan eil fhios a'm mu Dharren," thuirt Calum. "Tha e trang a' trèanadh. Ball-coise is eile."

"Tha fhios nach eil e trang a h-uile h-oidhche!" ars ise. "Dìreach aon oidhche sa mhìos. Is mura còrd an gnothach ris, cha leig e leas tilleadh."

"Tha sin ceart," fhreagair Calum, ach bha e a' smaointinn air mar a bha an teirm air a bhith thuige seo. B' àbhaist dha fhèin 's do Dharren a bhith còmhla co-dhiù dà fheasgar gach seachdain. A-nis cha robh e a' faicinn a charaid ach timcheall air uair a thìde corra uair san dol seachad.

Co-dhiù, chuireadh crìoch air a seo le Mgr Gòrdan ag ràdh gun robh thìde aca còmhradh mun bhàrdachd. Agus ma bha duine ag iarraidh tòiseachadh, bha còir aca dalladh orra, oir bha an ùine a' ruith. Chuir Laura suas a làmh is thòisich i a' leughadh a-mach na thuirt a' bhuidheann aicese.

# CAIBIDEIL 6

Bha Calum air faighneachd do Dharren an tigeadh e gu 'Coinneamh nan Con', mar a bh' aige air, aig a' chlas Eachdraidh, am feasgar às dèidh na sabaid eadar Teàrlach is Jordan. Bha Darren a' faireachdainn ciontach mun dearmad a bha e a' dèanamh air Calum. Bha fhios aige nach biodh Calum ag innse do dhuin' eile mar a bha e a' faireachdainn. Dìreach a mhàthair is athair, Alison agus Seumas, agus Darren fhèin. Dh'aontaich e a dhol dhan choinneimh còmhla ris.

Cha robh fad' aige ri coiseachd chun a' bhus. Bha Calum roimhe, na shuidhe mar a b' àbhaist, ann am meadhan a' bhus air an aon taobh ris an dràibhear.

Bha grunnan dhaoine air cruinneachadh romhpa an talla na h-eaglaise. Thàinig boireannach a-mach à buidheann nan coinneimh is chuir i fàilt' orra.

"Hallò," thuirt i. "Is mise Mairead. An e sibhse caraidean Bethan?"

"'S sinn," fhreagair Darren. "Seo Calum. Is mise Darren."

Chuir Calum a-mach a làmh is rug e air làimh air Mairead. Shaoil Darren gun robh iongnadh oirre mun a seo ach gun robh i air a dòigh cuideachd. Rug i air làimh air Darren.

"Fàilte oirbh," thuirt i. "Tha e cho math daoin' òg fhaicinn a tha cho modhail. Càit a bheil sibh ag iarraidh suidhe?"

Chomharraich Darren àite aig a' chùl agus choisich Mairead suas còmhla riutha.

"Bidh sinn a' tòiseachadh a dh'aithghearr," thuirt i. "Aig an leth-uair. 'S àbhaist do Bhethan ruigheachd còmhla ri càraid a tha a' fuireach san aon t-sràid rithe. Tha tòrr an seo a-nochd. Feadh a' gheamhraidh, àm an droch shìde 's a' chnatain, cha bhi uiread ann."

Shuidh iad air dà shèathar aig ceann sreath. Choimhead Darren air Calum. Chuir e drèin air. Sheall Calum air gun fhiamh.

"Carson a thàinig sinn an seo?" dh'fhaighnich Darren. "Dè tha a' dol a thachairt? Cò an fheadhainn a tha seo? Tha cuid aca a tha ceud bliadhna air a' char as òige."

"Chan urrainn gu bheil," fhreagair Calum. "Chan eil ach glè bheag dhen t-sluagh a tha còrr is ceud bliadhna. Faodaidh sinn a ràdh nach b' urrainn do bharrachd air aon neach dhiubh sin a bhith anns a' chruinneachadh seo."

Sheall Darren air a charaid. "Ochhhh!" leig e osna. B' e Calum a bh' aige. Cha bhiodh e ri àibheiseachadh. Bha tòrr a' smaoineachadh gur ann mar aon obair a bha e. Gun robh e a' tuigsinn math gu leòr nuair a bha cuideigin a' cur ris an fhìrinn. Cha robh Calum idir mar seo ge-tà. Cha bhiodh e ri dibhearsain mu rud sam bith. Cha robh e dha-rìribh ga thuigsinn.

Thug Calum putag bheag do Dharren.

"Sin Bethan air tighinn a-staigh," thuirt e. "Bethan às a' chlas clàraidh agam."

Smèid Bethan riutha is shuidh i ri taobh tè den fheadhainn a bha ceud bliadhna, a rèir Darren.

Chuir an neach-cathrach fàilte air a h-uile duine is thug i taing dhaibh son a bhith an làthair. "Fàilte shònraichte," ars ise, "air dithis às ùr à Sgoil na Garbhaich – Calum agus Darren. 'S fheudar nach eil iad a' bruidhinn riut a-nochd, a Bhethan, 's iad shuas aig a' chùl!"

Rinn Bethan gàire is smèid i riutha a-rithist. Dh'fhàs an dithis bhalach dearg san aghaidh. Rinn iad gàire cuideachd. Thog Darren a làmh is thuirt e, "Hi," caran leibideach, shaoil e fhèin. Dh'ainmich an neach-cathrach duine neo dithis nach biodh an làthair an oidhch' ud, agus dh'fhaighnich i an robh dad aig an rùnaire dhaibh.

Thòisich esan ri brunndail. Mu riaghailtean far

am faodadh daoine airgead a thogail. Mu phost-dealain bho chuideigin a bha deònach tòrr airgid a thoirt seachad nan toireadh iad a leithid seo a dh'ainm air cuilean, is mòran eile.

Mu dheireadh bha e ullamh.

"Tapadh leibh, Uilleim," ars an neach-cathrach. "A-nis, bidh an t-ionmhasair toilichte leis an tòrr airgid a chaidh a thogail anns na seachdainean a chaidh seachad."

Bha gach sùim aig an fhear seo air a dhealbh gu mionaideach. A' cruinneachadh airgid leis na canastairean air an t-sràid. Aig taisbeanadh àiteachais san Turraibh. Aig taisbeanadh de thrèanaichean 's de làraidhean seann-fhasanta. Aig geamaichean Bhràigh Mhàrr. Geamaichean an Lònaich.

Bha cuideigin a-nis a' bruidhinn air rudan a bha ri teachd. Tuilleadh fhèilltean is gheamaichean is thaisbeanaidhean. Dannsa feasgair. Dannsa gu madainn. Cofaidh maidne ann an tallaichean eaglaise.

Cha robh fhios aig Darren cuin a stad inntinn a shiubhal is a thuit e na chadal ceart. Bha an rùm blàth, bha a h-uile duine a' bruidhinn gu socair, is bha e fhèin sgìth. Ach an ath rud a mhothaich e, b' e uilinn Chaluim anns na h-asnaichean aige.

"Ah! Dè-eh?" ars esan. Bha tòrr dhen chruinneachadh air tionndadh a choimhead air.

Cha robh iad a' coimhead diombach idir; 's ann a bha gàire truasail air aghaidh a' chuid bu mhotha.

Ach bha Calum diombach. Bha esan air a bhith ag èisteachd gu mionaideach ris na bha daoine ag ràdh. Chumadh e cuimhne air a h-uile h-àite anns an robhas ag obair agus na bhiodh a' tachairt annta. Shaoil e gun robh e gu math mì-mhodhail tuiteam na do chadal an àite sam bith ach na do leabaidh. Bhiodh e air a rag nàrachadh a' siubhal air itealan neo trèan, nan tuiteadh duine na chadal, co-dhiù nam biodh srann aca, neo na bu mhiosa buileach roille-chraos orra.

Bha an neach-cathrach air faighneachd am biodh Darren agus Calum deònach a dhol a Shròn na h-Abhainn, gu fèill a bh' air a bhith dol sa bhaile o chionn mòran bhliadhnaichean. Bha Calum air freagairt gum bitheadh ach nach biodh e ag iarraidh èideadh seann-fhasanta a chur air. B' ann an uair sin a phut e Darren le uilinn.

"Uill? An tig thu ann?" bha i a' faighneachd. Ach bha Darren fhathast a' tighinn thuige fhèin.

"Tha mi cho uabhasach fhèin duilich!" thuirt e. "Chan eil fhios a'm dè tha a' tighinn rium. An gabh sibh mo leisgeul?" 'S dòcha gum biodh leisgeul aig inbheach, neo gun leigeadh e air nach robh e na chadal idir. Ach bha Darren ro òg is ro onarach. Shuidh e far an robh e, air a nàrachadh.

Thuig am boireannach còir nach robh sìon a dh'fhios aig Darren cò air a bha i a' bruidhinn.

Thòisich i air a socair: "'S e fèill a th' ann, Darren. Mar a chanas iad ann an Albais, *feein' market*. Anns na linntean a dh'fhalbh, bhiodh luchd-obrach, fireann is boireann, a' dol gu na fèilltean seo. Bhiodh iad a' sireadh obrach air tuath neo air tac. Obair earraich neo obair foghair. An-diugh, dìreach na stàilichean a bhios ann. Sinn fhèin a' reic stuth co-cheangailte ri coin-iùil. Buidhnean carthannais eile leis na stuthan aca fhèin. Feadhainn a' reic biadh, deoch, aodaichean. Tòrr rudan. Agus airson beagan spòrs, bidh an luchd-reic a' cur orra aodach seann-fhasanta. 'S dòcha sgiort fhada, aparan geal agus currac air na boreannaich. Tha e nas fhasa dha na fir. Ceap seann-fhasanta, lèine gun cholair is ròpa Callao teann fo ghlùinean na briogais. Mus tèid radan suas, tha fhios agad! Siuthad! Thig ann còmhla ri Calum agus ri Bethan."

"Glè mhath," fhreagair Darren, ann an guth fann.

"Tha seo uabhasach," bha e ag ràdh ris fhèin. "Leigibh a-mach à seo mi!"

Bha e a' faireachdainn mar gun robh e trì bliadhna a dh'aois agus air feuchainn ri orainsear a shrulachadh sìos an toileat.

Mu dheireadh, bha a' choinneamh seachad is bha iad fhèin agus Bethan a' coiseachd chun a' bhus.

"Obh, obh," arsa Darren. "Abair masladh! Cha dèan mi siud a-rithist. Ach a bheil thusa a' dol chun na fèille ud aig Sròn na h-Abhainn?"

"Tha," thuirt Calum gu socair. "Chòrd Anna rium. Dh'inns i dhuinn dìreach mar a bhiodh a h-uile rud, agus carson a bhiodh iad mar sin. Cha robh i ri gòraiche sam bith, ach dìreach an rud ud mun radan. Ach thuig mi sin. Chunnaic mi briogais le ròp oirre aig an taisbeanadh 'Aodach Obrach is Aodach Sàbaid' a bh' anns an taigh-tasgaidh an-uiridh.

Thog Darren a mhalaidhean anns an dorchadas. "Anna," ars esan ris fhèin. "Uill, uill." Cha robh cuimhn' aig Darren air ainm duine bh' aig a' choinneimh, ach Bethan a-mhàin. Cha b' e an cadal bu choireach na bu mhotha. Cha robh e air a bhith na chadal a-mach air còig mionaidean. Dìreach nach b' e seo an seòrsa cuimhne a bh' aige. Bha fhios aige gum b' urrainn do Chalum innse dha a h-uile rud a bhiodh a' tachairt aig a' bhuidheann anns na seachdainean a bha ri tighinn. Dh'innseadh e dha a h-uile ceann-latha agus an fheadhainn a bha a' dol gu gach àite. Mar gum biodh seòrsa de chlàr-ama na inntinn.

Airson an treas turais, 's dòcha, am feasgar ud, thàinig Darren thuige fhèin a-rithist.

Bha Calum a' faighneachd, "An e nach eil thu fhèin gu bhith a' tighinn chun na fèille còmhla rinn? Ma tha thu a' faighneachd mu mo dheidhinn-sa? – Tha dùil aca – aig Anna co-dhiù – riut ann."

"Aaaargh!" dh'èigh Darren. "Chan eil mi a' creidsinn seo. Dè an seòrsa cheistean a tha sin? Carson a tha a h-uile duine a' cur cheistean? Is canaidh iad, 'Dèan siud, dèan seo. Feumaidh tu ball-coise a chluich. Tha do cho-ogha, Danaidh, cho math air ball-coise. Feumaidh tu bhith ag iomain. Bha d' uncail Niall air ceann an sgioba a bhuannaich an aghaidh na h-Èireann. Bhiodh do sheanair ag iomain, is do shìn-seanair, is do shìn-shìn-shìn seanair is a h-uile h-amadan eile air ais gu Bliadhna Theàrlaich!"

Stad Darren gu h-obann. Bha Bethan a' sealltainn air, air a h-uabhasachadh, a sùilean uimhir ri sàsaran. Bha e dìreach a' dol a dh'iarraidh mathanas air an dithis, nuair a chual' e Calum, na ghuth àbhaisteach ag ràdh, "Cha tuirt mise gum feumadh tu a bhith ri ball-coise neo ri iomain."

"Ceart! Gu leòr! Tha mi a' falbh!" Chramaisg e na pàipearan a bh' aige bhon choinneimh, shad e air a' chabhsair iad is choisich e gu luath suas an t-sràid. Seachad air far am biodh am bus a' stad, seachad air na bùithnean, air an eaglais. Tarsainn Sràid Mhòr MhicAnndrais, seachad air an taigh-òsta, an cladh, na bùithnean aig ceann an rathaid. Sìos a' bhruthach. Ma chaidh bus seachad agus càch air, cha do mhothaich Darren dha.

# CAIBIDEIL 7

Bha Darren na fhallas is anail na uchd nuair a ràinig e an taigh.

"Nach i a' choinneamh a bha fada!" thuirt a mhàthair, a' sealltainn air a' chloc. "Bha dùil againn riut o chionn còrr is leth-uair. An ann na do ruith a bha thu?" 's i a' sealltainn air a choltas.

Bha a phiuthar Janie na suidhe air an t-sòfa, a deise-leapa is a còtan oirre mu thràth. "A bheil na busaichean a' ruith idir?" dh'fhaighnich i.

Shuidh Darren ri a taobh. "Choisich mi," thuirt e. "Bha mi feumach air cuairt."

"Às dèidh na rinn thu de ghearain mu thrèanadh ball-coise agus iomain!" arsa Janie. "Shaoileadh duine sam bith gun robh thu air do chlaoidh, 's gum feumadh tu cadal fad seachdain. Dè? Dè?" Bha i a' ropladh a chinn 's a' dèanamh milleadh air an fhalt a bha e air a dhèanamh suas na spìcean mus deach e a-mach.

Chuir e suas a làmhan ma b' fhìor ga dhìon fhèin is dh'fheuch e ri gàirdeanan Janie a phutadh air falbh.

50

"A ghia!" ars ise. "Dè an stuth leanailteach a th' air d' fhalt?" 's i ma b' fhìor ga shuathadh air a lèine. "Cha chòrd sin ris na h-ìghnean idir, idir." Dhiogail i fon smiogaid e.

"Mar a tha sibh air m' fhàgail!" dh'èigh am màthair. "Nach ist sibh!" 's i ma b' fhìor a' trod riutha. "An do choisich Calum agus Bethan cuideachd?"

"Uill, bha iad a' dèanamh air a' bhus nuair a dh'fhàg mise iad," fhreagair Darren.

Bha an fhearg air sìoladh agus bha e a' faireachdainn caran amaideach agus gu math tùrsach gun robh e air a dhol a-mach air Calum.

"Ò, seadh," ars a mhàthair.

"Ciamar," smaoinich Darren ris fhèin, "a b' urrainn do dhuine sam bith ach mo mhàthair sa ceist a dhèanamh de 'Ò, seadh'?" Rinn e osna throm is choimhead e o thè gu tè, Janie agus a mhàthair, is iad a' coimhead air gu geur le chèile.

"Cha deachaidh gnothaichean ro mhath," thuirt e mu dheireadh. Thòisich e air innse dhaibh mar a thachair aig a' choinneimh agus air an t-slighe chun a' bhus. Shaoil e gun do mhothaich e do shnodha beag gàire air a mhàthair nuair a dh'inns e mu dhùsgadh le uilinn Chaluim anns na h-asnaichean aige. Ach bha Janie a' coimhead truasail gu leòr.

"Ciamar a tha Calum na làithean seo?" dh'fhaighnich i.

"Tha e ceart gu leòr," fhreagair Darren. "Carson nach bitheadh?"

"Dìreach mar a thuirt e nach b' esan a thug ort tòiseachadh air ball-coise agus iomain. Mus tuirt e sin, bha thusa air fàs gu math fiadhaich, nach robh? A' trod 's ag èigheach 's mar sin?"

"Uill ... bha," fhreagair Darren. "Ach dè mu dheidhinn?"

Bha e air a nàrachadh mu na thachair. Air dòigh a' feuchainn ri bhith bragail, ach gu math duilich aig an aon àm.

Cha tuirt Janie guth airson greiseag, mar gum biodh i a' smaointinn dè chanadh i. "Cuimhnich nach eil Calum eòlach ortsa a bhith mar sin. Tha thu – a' chuid mhòr den tìde – socair, rianail. Agus tha fhios agad nach eil e gu ceart a' tuigsinn fealla-dhà neo sgeulachd èibhinn, can mar ... dè am facal tha siud a bhios aig mo sheanair ... abh ... abhcaid?" 's i a' sealltainn air a màthair.

"Seadh," arsa Mòrag, a' gnogadh a cinn le gàire beag. "Abhcaid. 'S fhad' o nach cuala mi sin."

"Ò, nach èist sibh! Granaidh Bheag is Granaidh Mhòr an seo!" thuirt Darren, e fhèin a' feuchainn ri fealla-dhà a dhèanamh. Bha e a' saoilsinn gun robh an còmhradh seo a' fàs gu math domhainn. Bha e tuilleadh is sgìth airson feallsanachd.

"Èist ge-tà, a Dharren," thuirt Janie. "Tha mis'

air a bhith fad ùine a' dol thairis air na notaichean seo a thog mi aig òraidean. Tha e dìreach air tighinn a-steach orm cho mòr 's a tha tòrr dheth a' beantainn ri Calum. Tha fhios a'm gu bheil mi cho eòlach air Calum 's a ghabhas. Tha thu fhèin 's e fhèin air a bhith mar siud," 's i a' cur aona chorraig tarsainn air an tè eile, "o thòisich sibh sa bhun-sgoil. Mar sin, chan ann tric a bhios mi a' sealltainn air mar chuspair son Saidhc-eòlas. Ach 's dòcha gun toir an còmhradh seo soilleireachd don dithis againn, 's do Mham cuideachd."

Chuir a màthair sùilean mòra oirre is chuir i car na ceann.

Cha robh feum air a bhith a' gearan, smaoinich Darren ris fhèin. Bha e a-nis gu bhith aig 'tè de na h-òraidean aig Janie', mar a bhiodh aig athair orra. Rinn a mhàthair sùil bheag ris, is thionndaidh i ri Janie.

Dh'fhairich Janie gun robh an dithis eile a' dèanamh seòrsa de dh'òinnseach dhith, cha b' ann gu suarach, ach a' tarraing aiste. B' e sin dòigh an teaghlaich. Ged a bha an dithis aca math air obair sgoile, b' e nàdar de bhruadaraiche a bh' ann an Darren.

Bha Janie an-còmhnaidh dìcheallach – "an t-ollamh beag againne" mar a bh' aig an athair oirre.

"Èistibh ge-tà," ars ise, "agus cuiribh a-steach

bhur beachdan cuideachd. Chan eil am pìos seo den chùrsa furasta agus tha deuchainnean gu bhith agam ann am beagan sheachdainean. Bhiodh e math bruidhinn ri cuideigin nach eil na theis-meadhan."

"Ceart ma-thà," thuirt a màthair. "Feuchaidh sinn air a sin." Ghnog Darren a cheann, ged a bha miann mòr air a dhol a chadal.

"Bidh feadhainn mar tha Calum nach eil a' tuigsinn, air dòigh, mar a tha daoine 'ag obrachadh'. Anns a' Bheurla, 's e *autism* a th' ac' air, bho *autos*, a' ciallachadh 'fèin'. 'S dòcha nach mothaich iad do choltas – neo nach tuig iad – bròn, toileachas, dragh. Neo guth duine – aighearach, feargach, a' toirt rabhadh. 'S dòcha nach tuig iad duine a bhith ri fealla-dhà neo ri searbh-chainnt. Neo rudan ann an rosg no ann am bàrdachd mar meatafor."

"Cha toigh le Calum bàrdachd," thuirt Darren. "Neo a bhith a' sgrìobhadh sgeulachd. Bhiodh sinn ag èisteachd sgeulachd tric sa bhun-sgoil agus chòrdadh e math gu leòr ris. Ach tha e coma ged nach cluinneadh e uirsgeul idir. 'S fheàrr leis cunntas a leughadh mu nàdar, neo saidheans. An aon rud le sgrìobhadh. Nuair a tha sinn aig Dràma, 's fheàrr leis a bhith ag obrachadh nan solais is nan cùirtearan."

"Glè mhath," thuirt Janie, a' sgrìobhadh rudeigin air fear de na pàipearan a bh' aice. "Chan eil mi a' ciallachadh gu bheil e math gu bheil Calum mar sin. Ach tha an rud a thuirt thu a' tighinn a rèir na th' agam sgrìobht' an seo." Lean i oirre. "Gu math tric, cha bhi iad math air còmhradh a dhèanamh ri duine, air crìoch a chur air a' chòmhradh, no air cuspair air am bruidhinn iad. Ged a tha iad cho modhail 's a ghabhas, a thaobh rudan beaga – mar a bhith a' canail 'tapadh leibh', bruidhnidh iad cuideachd air rudan mar cho mòr 's a tha sròn cuideigin. Neo carson a bhios bata aca son a bhith a' coiseachd."

"Tha Calum gu math nas fheàrr a-nis," thuirt a màthair. "Faithnichidh tu – uill, faithnichidh mise co-dhiù – nuair a thig e a-steach an seo, seallaidh e sìos neo gu aon taobh. Thig beagan de stad ann 's an uair sin canaidh e, 'Bheil sibh gu math an-diugh?' neo rudeigin mar sin. Agus ma thòisicheas mise an toiseach, thig e a-steach gu nàdarra air a' chuspair a thog mi."

"Tha sin ceart," thuirt Darren. "Nuair a thòisich sinn san sgoil an toiseach, bha e garbh. 'S dòcha gum biodh buidheann beag a' dèanamh cunntas. Ag obair leis na ciùban tha siud. Sinn a' dèanamh ar dìchill. Uaireanan, thòisicheadh Calum air bruidhinn air rud a rinn e aig deireadh na seachdain. Leumadairean ann an Caolas Mhoireibh. Mar a chuireas tu buntàta. Ach nuair a thàinig tidsear a dh'obair còmhla ris, dh'atharraich sin. Leanaidh e còmhradh. Uaireannan fhathast, ma thoisicheas e fhèin, tha e caran eadar-dhealaichte. An àite ràdh, can, 'Cha chreid sibh dè chunnaic mise aig deireadh na seachdain' 's dòcha gun tòisich e le, 'Bidh leumadairean-mara a' siubhal ann an sgaothan mòra.' 'S e cho dioghrasach! Agus seann-fhasanta. Beiridh e air làimh air a h-uile duine nuair a choinnicheas iad a' chiad uair. Sean neo òg. Is canaidh e rudan mar, 'Tha mi toilichte ur coinneachadh'."

"Freagraidh sin," thuirt Janie, a' leughadh a-mach nan notaichean aice. "'S dòcha gum bi neach a' sireadh charaidean agus bidh caraidean aca. Ach gu math tric, tha e doirbh dhaibh an càirdeas a chumail a' dol. Math dh'fhaoidte gun saoil feadhainn gu bheil neach a' suidhe neo a' seasamh ro fhaisg orra. Gu bheil an còmhradh aca neo-iomchaidh. Thug thu iomradh air sin," thuirt i ri Darren.

"Aig uair eile, 's dòcha gum bi neach air a dhol a-steach air fhèin. Mar nach eil iad airson a bhith a' conaltradh. Gu math tric, saoilidh neach nach eil giùlan dhaoin' eile soirbh a thuigsinn. Bidh e gan cur troimh-a-chèile."

"Stad! Stad! Inns dhomh dè tha sin a' ciallachadh!" dh'èigh Darren, a' togail a làmhan 's a chasan dhan adhar còmhla. "Chan eil leabhar-iùil Saidhc-eòlais agam!"

"Uill tha..." thòisich Janie agus a màthair còmhla.

"Siuthad," arsa am màthair. "'S tusa a tha gu bhith a' suidhe na deuchainn."

Smaoinich Janie airson greiseag bheag. "Uill, eil fhios agaibh," thòisich i, "mar a bhios sibh ag ràdh nach toigh le Calum cus fuaim? Sgreuchail neo èigheach neo fuaimean eile?"

"Ceart," thuirt Darren. "'S toigh leis an clas a bhith sàmhach, rianail. Agus ma bhios tòrr de na h-ìghnean a' sgreuchail 's a' gàireachdainn còmhla, tha mi a' smaoineachadh gu bheil seo a' cur an eagail air. An aon rud ma tha na gillean a' putadh càch-a-chèile 's ag èigheach."

"Seadh," thuirt Janie. "Nise nuair a mhìnicheas tu seo, tuigidh tu. Is tuigidh mise; 's e tha cudromach son na deuchainn. 'S tusa an caraid as fheàrr a th' aig Calum. Socair, stòlda. Tha dùil aige ris a sin. A-nochd, tha thu a' dol às do chiall. Chan eil e a' tuigsinn carson. Cha dèan e an co-cheangal. Thu a' fàs cho feargach eadar nàire 's sgìths. 'S dòcha gun smaoinich e gu bheil thu a' cur na coire aire-san, air dhòigh air choreigin. Tha e troimh-a-chèile. Agus nuair a chanas e nach b' e thug ort a bhith ri iomain is eile, tha thu a' dol às do chiall buileach. Agus cuimhnich, o chionn ghoirid, thachair gnothach mòr eile na bheatha."

"Seòna," arsa Mòrag.

Smaoinich Darren air Seòna. Cha robh iad air bruidhinn oirre ceart, e fhèin is Calum. Idir, idir, shaoil e. Bhiodh e fhèin uabhasach tùrsach nam bàsaicheadh Vlad an cat aca, agus cha bhiodh e fiù 's a' còmhradh ris-san. Bhiodh Vlad còir mar bu trice na shlaod an àiteigin, mura biodh e ag ithe, neo a' sealg. Bha e ri taobh Janie air an t-sòfa an-dràsta, ann an lùb a glùinean, na shuain.

"Chan eil mi gu mòran feum mar charaid," thuirt Darren.

"Ist a-nis," thuirt a mhàthair. "Na bi a' cantainn sin. Tha sibh le chèile aig aois far a bheil rudan ag atharrachadh. Sibh an sàs an gnothaichean ùra. Ach feumaidh tu an rud ceart a dhèanamh. Inns dha mar a tha. Iarr mathanas air."

Sheall Darren air a' chloc. "Tha e tuilleadh is anmoch fònadh a-nochd," thuirt e. "Bidh e na chadal. Far am bu chòir dhòmhsa a bhith."

"Nam biodh tu mar dhaoin' eile, dh'fhaodadh tu teacs a chur thuige, air a' fòn-làimh agad," thuirt Janie, a' sgioblachadh nam pàipearan aice.

Rinn Darren drèin rithe. "Chan eil fear aig Calum nas motha," thuirt e.

"A bheil duine san fhàrdaich seo a' dol a chadal a-nochd?" dh'fhaighnich an athair, a' nochdadh dhan rùm. Bha e air a bhith aig pinnt còmhla ri feadhainn de cho-obraichean. "Suas leibh! Suas leibh! Mach à seo, Vlad. Dha do leabaidh fhèin!"

Dh'fhosgail Vlad aon shùil, dh'altaich e e fhèin, is thuit e na chadal a-rithist.

An-ath-mhadainn, b' fheàrr le Darrren gun robh e
air fònadh. Rug e air Calum mar a b' àbhaist is iad
a' dèanamh an slighe dhan sgoil.

"A Chaluim!" dh'èigh e is thòisich e air ruith.
Bha dùil aig Darren an toiseach nach robh Calum
a' dol a bhruidhinn ris. Thionndaidh e gu aghaidh
a-rithist agus chùm e a' dol. Ach cha robh e ach
a' leigeil feadhainn seachad a bha a' coiseachd na
bu luaithe. "Hallò," ars esan.

"Hallò," fhreagair Darren. Choisich iad airson
beagan ùine mus tuirt Darren, "Tha mi uabhasach
duilich mun a-raoir. Chan eil leisgeul air a shon.
Tha mi a' smaointinn gun robh mi air mo nàrachadh
gun do chaidil mi aig a' choinneimh. Agus tha fhios
a'm nach ann gam chàineadh a bha thu nuair a thuirt
mi nach tiginn chun na fèille. Cha mhotha a thuirt
thu gum feumainn a bhith ri iomain is ball-coise.
M' athair a tha ag iarraidh orm sin a dhèanamh.
Tha mi duilich, a Chaluim."

Chùm iad orra a' coiseachd. "Can ris nach eil thu

airson a dhèanamh," thuirt Calum mu dheireadh.

Cha robh Darren cinnteach an robh e a' cluinntinn ceart. "Dè thuirt thu?" dh'fhaighnich e.

"Dìreach can ri d' athair nach eil thu airson a bhith ri iomain neo ball-coise."

Bha e cho sìmplidh, glic, an rud a thuirt Calum. "Chan eil e cho furasta sin," thuirt Darren.

"Tha," fhreagair Calum. "Dìreach can..."

"Chan urrainn dhomh!" thuirt Darren, agus e a' stad. "Bidh e diombach asam. Tha e airson gum bi mi ri spòrs." Cha robh e airson a dhol a-mach air Calum a-rithist.

"OK," thuirt Calum. "Ceart gu leòr." Cha tuirt e idir, "Chan eil mi ga chreidsinn. Agus cha mhotha a tha mi ga thuigsinn." Ach bha fhios aig Darren gun robh e ga smaointinn.

Bha iad faisg air an sgoil a-nis. Thòisich inntinn Dharren a' siubhal a-rithist. Bha e a' faireachdainn searbh. Cha robh am buaireadh seo air a bhith aige nuair a bha athair ag obair thall thairis. Agus bha e air a leamhachadh gun do smaoinich e leithid a rud. Cha do dh'fhairich e riamh gun robh e beag cothrom a chionn 's gun robh athair ag obair air falbh. Bha e furasta còmhradh a dhèanamh air Skype agus chuireadh iad fios beag air choreigin gu càch-a-chèile gach dàrnacha latha. Bha fhios aige gum biodh cuid a bh' air falbh, mar a bha athair, dìreach a' toirt cnap airgid dhan cuid chloinne, nuair a thigeadh iad dhachaigh. Bha a h-uile h-uidheam ùr aig a' chloinn sin. An coimpiutair a b' fheàrr. Am baidhsagal a bu daoire. Geamannan de gach seòrsa. Bha fear air a' chlas aig Janie a fhuair car ùr, nodha nuair a bha e seachd-deug. Cha do thuig e aig an àm carson a chrath a mhàthair a ceann 's a thuirt i, 'An truaghan bochd' ach shaoil e gun robh e a' tuigsinn a-nis.

An àite a bhith na shuidhe ann an rùm dorcha le geama coimpiutair, bhiodh Darren a-muigh anns a' ghàrradh còmhla ri athair. Thigeadh Calum, 's bhiodh iad a' ruamhar agus a' cur. Currain, uinneanan, stuth-sailead. Preasan dhearcan airson silidh.

Bu toigh le athair Dharren a bhith sa chidsin. A' dèanamh silidh ann am pana mòr, neònach le drola ann. A' dèanamh brot leis a' ghlasraich às a' ghàrradh. Cha robh e cho math air an cidsin a sgioblachadh às a dhèidh ge-tà! Bhiodh e a' dèanamh oidhirp a-nis is màthair Dharren trang le cùrsa 's i gus tilleadh a theagasg.

B' ann ainneamh a rachadh iad a-mach gu taigh-bìdh spaideil. Nam biodh an t-sìde cothromach, bhiodh iad a-muigh an àiteigin, ròic de cheapairean 's de dh'ùbhlan nan cois. Ghabhadh iad seo air cliathaich beinne neo air cladach air choreigin. Air an rathad dhachaigh, thadhaileadh iad an àite-bìdh far am faigheadh tu biadh math blasta gun d' aodach Sàbaid a bhith ort.

"Tìoraidh," thuirt Calum. "Chì mi aig Beurla thu."

"Tìoraidh," fhreagair Darren, a' siubhal gu mì-shunndach sìos an trannsa.

Bha Bethan a' tighinn na choinneamh, a' dol dhan aon rùm ri Calum. Dh'fheumadh e rudeigin a ràdh. "Hi, a Bhethan!" thuirt e, a' stad air a beulaibh. "Tha... tha... 's e th' ann... gabh mo leisgeul son mar a bha mi a-raoir. Chan eil fhios a'm dè tha a' tighinn rium."

"Ò, a Dharren!" thuirt Bethan, a' crathadh a cinn. "Mise a' smaoineachadh gun robh thu socair, modhail! Tha thu dìreach coltach ris na gillean eile. A' blabhtaireachd 's a' trod!"

Sheall Darren oirre gu tàmailteach, aghaidh a' fàs dearg. "Ò, cha robh..." thòisich e.

Las aodann Bethan suas le gàire mòr coibhneil. "Ist, Darren," ars ise, a' toirt putag bheag dha. "Chan eil mi ach ri fealla-dhà! Nach bi a h-uile duine ag èigheach 's ag uabhas uaireigin."

Dh'atharraich a coltas a-rithist. "Tha fhios a'm gu bheil tòrr a' dol agad," thuirt i. "Tha Calum gad ionndrainn. Chan eil sibh còmhla cho tric 's a bha sibh."

Mhothaich i gun robh Darren a' coimhead na bu bhrònaiche buileach. "Bidh e ceart gu leòr ge-tà," thuirt i. "Seallaidh mis' às a dhèidh." Smèid i 's i a' falbh gu toilichte chun an rùm-clàraidh. Shaoil Darren gun robh a h-uile duine sunndach, aighearach ach e fhèin.

CAIBIDEIL **9**

Cha robh mòran theachdaireachdan aig an tidsear dhaibh. Mar sin, fhuair Bethan agus Calum còmhradh a dhèanamh nuair a bha an clàradh seachad.

"A bheil thu fhèin 's Darren a' dèanamh dad a-nochd?" dh'fhaighnich i.

"Chan eil," thuirt Calum, "sìon idir. Mun àm a gheibh Darren an trèanadh seachad, tha e faisg air àm bìdh. B' àbhaist dhuinn a bhith a' coinneachadh corra uair às dèidh na sgoile. Tha e ro anmoch às dèidh àm tì. Mar as trice, tha obair-dachaigh air choreigin againn."

"Am bu toigh leat tighinn a-mach còmhla riumsa?" dh'fhaighnich Bethan.

Cha robh fhios aig Calum mu dheidhinn seo. Sheall e air Bethan. Sheall e a-mach air an uinneig 's air ais gu Bethan a-rithist.

"Ò!" thuirt i. "Tha mi a' ciallachadh... chan e... mar gum biodh deit. Chan e nach eil mi... nach toigh leam thu. 'S toigh leam thu gu mòr. Ach bha

65

mi a' smaointinn dìreach..." Stad i a bhruidinn, a h-aodann caran pinc. Cha robh seo a' dol ro mhath, shaoil i.

Cha robh Calum eòlach air Bethan a bhith mar seo. Gun innse dìreach dè bh' aice ri ràdh. Bha i coltach an-dràsta ri nighean sam bith eile. Gòrach. Mu dheireadh thuirt e, "Càit a bheil thu a' dol a-nochd?"

Dh'fhàs Bethan na b' fhoiseile. Cha robh Calum a' fàs sàmhach mar a bhiodh e nuair a bha rudeigin a' dèanamh dragh dha. "Tha mi a' dol a thoirt Heidi a-mach," thuirt i.

Sheall Calum a-mach air an uinneig. Cha robh e ag iarraidh nighean eile a bhith ann. 'S dòcha gun toireadh i air Bethan a bhith a' sgreuchail 's a' praoisgeil. Co-dhiù, cha robh e eòlach air Heidi seo.

Lean Bethan oirre gu cabhagach. Bha eagal oirre gum bualadh an clag 's nach faigheadh i innse ceart mu Heidi. "Cù a th' ann a Heidi," thuirt i.

"Chan eil mi..." Mus d' fhuair e an còrr a ràdh, bha Bethan air grèim socair a ghabhail air a ghàirdean mar a rinn i roimhe. Dh'fhàs e sèimh a-rithist.

"Tha dachaigh aig Heidi 's a h-uile rud," thuirt i. "'S e cù-iùil a th' innte. Tha i feumach air tòrr eacarsaich a bharrachd air a bhith ag obair. Thachair mi ri Iseabail, an tè leis a bheil i, aig deireadh na seachdain. Bha iad aig an talla far an robh sinn a' reic nan cairtean Nollaig. Eil fhios agad, son Comataidh nan Con-iùil, far an robh sinn a-raoir?"

"Tha fhios a'm," thuirt Calum. B' fheàrr leis gun tigeadh i gu cnag na cùise.

"Thuirt mise gun toirinn Heidi a-mach air sgrìob uair neo dhà san t-seachdain. Tha Iseabail anns na seachdadan. Bidh a h-anail goirid 's rudan mar sin. Cha dèan i uiread de choiseachd 's a b' àbhaist dhi."

Dh'fhàisg i a ghàirdean beagan. "Chan eil mo mhàthair ro chinnteach," thuirt i. "Eil fhios agad? A bhith a-muigh leam fhèin. Ged a bhitheas Heidi ann. Agus an latha a' fàs goirid a-nis. A' fàs dorcha nas tràithe."

Cha robh fhios aice an robh Calum ag èisteachd.

"Agus tha thu airson 's gun tig mi a-mach còmhla riut," thuirt e. "Heidi a thoirt air chuairt."

"Tha!" Thàinig e mach mar ospag bheag.

"Carson nach tuirt thu sin aig an toiseach?"

Bhuail an clag.

"An tig thu ma-thà?"

"Thig," arsa Calum.

Thug màthair Chaluim iad gu taigh Iseabail sa chàr. Bha Iseabail a' fuireach ann an cruinneachadh beag de 'thaighean fasgach' far am biodh neach-gleidhidh a' cumail sùil agus a' tadhal corra uair feuch an robh an fheadhainn a bha a' còmhnaidh annta ceart gu leòr.

"An till mi gur togail?" dh'fhaighnich Alison.

"Bidh sinn ceart gu leòr air bus," arsa Calum.

"Agus tha fòn-làimh agamsa," thuirt Bethan.

Thàinig fiamh a' ghàire air aodann màthair Chaluim.

"Eil fhios dè tha a' toirt gàire oirre?" bha Calum a' smaoineachadh, a' coimhead a mhàthar a' dràibheadh sìos an rathad.

Chuir Iseabail fàilt' orra, nuair a ràinig iad an taigh. Bha Heidi còmhla rithe aig an doras, a' crathadh a h-earbaill. Bha i beag seach Seòna, mhothaich Calum, agus cha robh bian fada oirre.

"Seo sibh!" thuirt Iseabail. "Thigibh a-steach. Agus seo Calum? Suidhibh, suidhibh. An gabh sibh cupan?"

Thuirt iad gun do ghabh iad grèim aig taigh Chaluim is gun robh iad ceart gu leòr. Bha Bethan dìreach ag iarraidh siubhal. Mhothaich i gun robh ùidh Chaluim air a thogail gu mòr le rudeigin. Bha brat-ùrlair soilleir liath air an làr agus ruga air dath cèithe na mheadhan. Laigh Heidi air a seo, a ceann air a spògan-toisich.

Mhìnich Iseabail mar a bhiodh Heidi ag obair. "Tha i na cù-iùil air leth math," thuirt i. "'S i an treas cù a th' air a bhith agam, agus 's i as fheàrr air obair. Dìreach aon rud; tha i garbh gu siubhal. Seallaibh an fheansa air cùl an taighe an sin, far am bi i a' dol a-mach. 'S urrainn dhi a leum. Feumaidh gu bheil i a' bùrach bhucaidean, neo rudeigin. Uaireannan tillidh i is fàileadh uabhasach bho a h-anail – coltach ri iasg grod. 'A' sùlaireachd' a th' agams' air!"

Bha Heidi ag èisteachd. Bha a sùilean a' dol o thaobh gu taobh, ged nach robh a ceann a' gluasad. Rachadh aona mhalaidh mu seach suas leis an t-sùil, agus sìos a-rithist. "Tha fhios aice gu bheil sibh a' bruidhinn oirre," arsa Bethan.

Rinn Iseabail gàire. "B' fheàrr leam nach laigheadh tu an sin," thuirt i ri Heidi. "Chan fhaic mi thu 's tu an aon dath ris an ruga."

Chuir seo iongnadh buileach air Calum. Bha eagal air Bethan gun robh e ag obrachadh suas gu ceist neo-iomchaidh fhaighneachd.

"Cuimhn' agaibh nuair a bha sinn a' còmhradh Disathairne?" thuirt i gu cabhagach. "Thuirt sibh gum feum sinn an aire thoirt air Heidi nuair nach eil i air iall."

"Tha sin ceart," fhreagair Iseabail, toilichte gun robh cuimhn' aig Bethan air rud cho cudromach. "Tha mòran a' smaoineachadh gu bheil coin-iùil air an aon dòigh an-còmhnaidh. Dìreach a' siubhal gu socair. Ach chan eil sin fìor. Nuair a gheibh iad mu sgaoil, tha iad dìreach mar chù sam bith eile. 'S toigh leotha a bhith a' ruith 's a' cluich le ball 's a h-uile rud. Agus tha iad nas buailtiche ruith a-mach air beulaibh càir. A' smaointinn nuair a tha an t-uallach dhiubh gun ruith iad a dh'àite sam bith. Mar sin cumaibh air iall i air sràid neo cabhsair. Dìreach mu sgaoil sa phàirc neo air raon mòr."

"Bheir sinn suas chun na pàirc' i ma-thà," thuirt Bethan, a' seasamh. Dh'èirich Calum cuideachd. Chuir Iseabail an iall air Heidi. "Chan eil còir gum bi i gur tarraing," thuirt i, "ach ma bhitheas i ga dhèanamh, neo a' falbh ro luath, dìreach can 'socair' is gabhaidh i air a socair. Cuir iad seo na do phòcaid," thuirt i ri Bethan, a' toirt dhi dòrlach de bhriosgaidean bìodach. "Tillidh i son 'suiteas'. Chan e suiteas a th' ann ach biadh chon. Ach tha ise toilichte leis. Mar as trice, tillidh i co-dhiù. 'S toigh leatha a bhith faisg ort."

"Tìoraidh," thuirt an dithis. "Bidh sinn mu uair gu leth." Mhothaich Bethan gun robh Calum a' sealltainn gu geur air Iseabail fad na h-ùine.

# CAIBIDEIL 10

"Bheil thu ag iarraidh Heidi a ghabhail?" dh'fhaighnich Bethan, 's iad a' tighinn faisg air a' chearcall-rathaid aig frith-rathad na pàirce.

"Chan eil," fhreagair Calum.

Choisich iad suas am frith-rathad gu geata mòr na pàirce. Bha fhios aig Heidi far an robh i. Choisich i na bu luaithe, a' tarraing beagan air an èill. "Socair," thuirt Bethan, 's a-rithist, "socair." Ghabh Heidi air a socair.

"Tha i laghach," thuirt Calum, a' slìobadh druim Heidi. "Gheibh i ruith a-niste."

Mar a thubhairt, b' fhìor. Bha lianag mhòr eadar an geata is pàirce-cluich na cloinne bige. Ruith Heidi timcheall is timcheall air a seo, a teanga mach is gàire mòr air a h-aodann. An uair sin, ruith i sìos is suas mu dheich tursan.

"Cha leig sinn a leas mòran coiseachd a dhèanamh!" thuirt Bethan.

Rinn Heidi leum air an fheur agus thionndaidh i. Rug i air botal plastaig a bha cuideigin air a shadadh.

Chùm i oirre a' ruith, a' cagnadh a' bhotail aig an aon àm. Bha coltas oirre gun robh seo a' cordadh rithe. Rinn Bethan is Calum le chèile lasgan. Stad Bethan. Cha robh i air seo a chluinntinn roimhe. Thug i putag do Chalum is rinn i gàire beag eile.

Ruith Heidi suas far an robh iad. Leig i às am botal plastaig air beulaibh Chaluim. "Chan eil mise uabhasach math air a seo," thuirt e rithe, "ach feuchaidh mi air."

Thilg e am botal, ach bha e ro aotrom, chionn 's gun robh e falamh. Bha Heidi air ais leis ann an diog. "Feuchaidh mi breab," thuirt e rithe. Cha robh i a' toirt a sùil bhuaithe. Dh'obraich seo. Ged nach robh sgilean ball-coise Chaluim ro mhath, bha e cho làidir ri duine sam bith eile. Thug iad callan air a seo, e fhèin 's Bethan, a' toirt breab mu seach dhan bhotal, is Heidi a' tilleadh leis. Mu dheireadh, dh'fhas i sgìth is thòisich i air snòdach timcheall.

"Ma thèid sinn cuairt timcheall na pàirce, nach bi sin gu leòr dhi an-diugh?" arsa Bethan.

"Glè mhath," thuirt Calum.

A bharrachd air a' phàirc fhoirmeil, le gàrraidhean is craobhan, is cafaidh bheag, bha tòrr ghoireasan eile timcheall na pàirce. Bha dà raon goilf ann agus frith-rathaidean timcheall far am faigheadh duine coiseachd. Nan rachadh tu aon rathad, thigeadh tu gu ionad airson marcachd. A' dol an rathad eile, bha margaidh mhòr ann, a' reic na dh'fheumadh duine airson gàrradh is planndrais. B' àbhaist do Chalum is do Dharren a bhith a' tighinn ann a chluich nuair a bha iad sa bhun-sgoil. Bha abhainn bheag a' ruith tron choille, sìos tro lag. Àite math a bh' ann son geamannan cogaidh, falach-fead is eile. "Faodaidh sinn Heidi a thoirt dhan choille an-ath-thuras," thuirt Calum.

"Faodaidh," thuirt Bethan. "Is toigh leatha a' choille. Tha tòrr fhàileidhean math ann." Cha robh Bethan air guth a ràdh mun ath thuras. Smaoinich i cho math 's a bha e Calum fhaicinn mar seo – na bu toilichte na bha e air a bhith o chionn ùine mhòr.

"An robh i modhail?" dh'fhaighnich Iseabail nuair a ràinig iad an taigh. An tàinig i nuair a dh'èigh sibh oirre?"

Dh'inns iad dhi mun chuairt aca, is na rudan a bha Heidi a' dèanamh.

"'S toigh leatha botal plastaig," thuirt Iseabail, le gàire. "Tha mi a' smaoineachadh gur e am fuaim a bhios a' còrdadh rithe."

Gu h-obann, thuirt Calum, "Carson a thuirt sibh nach fhaiceadh sibh Heidi air an ruga? Ma tha sibh dall, chan fhaic sibh sìon."

Dh'fhàs aodann Bethan cho dearg ri partan. Ach cha do shaoil Iseabail sìon dheth. "Tha beagan fradhairc agam," thuirt i, "ach cha robh mi riamh a' faicinn mòran. Chì mi gu bheil thu ann, ach chan fhaic mi coltas d' aodainn. Rugadh mi mar sin. Chaidh mi dhan sgoil an Dùn Èideann. Sgoil son feadhainn a tha dall, neo aig nach eil ach pàirt dem fradharc. 'S ann dhaibh sin a tha na coin-iùil cuideachd. Feadhainn mar a tha mise."

Thionndaidh i ri Bethan is thuirt i, "Bidh mi a' dol timcheall àiteachan ag innse do dhaoine mu na coin. Bidh mi tric ann an sgoiltean. Faighnichidh an fheadhainn bheaga ciamar a gheibh mi mo chuid aodaich a chur orm ceart. Eil fhios agad – nach bi sgiort phurpaidh agus peitean dearg orm!"

"Dh'aithnich i gun robh mi air mo nàrachadh!" thuirt Bethan rithe fhèin. "Agus chan fhaic i ceart mi. Tha sin mìorbhaileach!"

Thuirt Calum, "Is ciamar a tha fhios agaibh dè 'n t-aodach a chuireas sibh umaibh?"

Ghuais Bethan gu h-an-shocair anns an t-sèathar.

"Tha bana-charaidean gu leòr agam," thuirt Iseabail. "Thig cuideigin còmhla rium a cheannach aodaich. Chì mi dathan ma tha iad soilleir, ach tha e math a bhith cinnteach. An uair sin, cuidichidh iad mi leis an aodach a tha a' maidseadh. Crochaidh sinn air bior còmhla iad. Feumaidh mo phreas' aodaich a bhith gu math sgiobalta, neo cha dèan mi an gnothach."

"'S fheàrr dhuinne siubhal," thuirt Bethan, a' sealltainn air a h-uaireadair.

"Mìle taing dhan dithis agaibh," thuirt Iseabail. "Chunnaic sibh cho èasgaidh 's a tha Heidi. Tha mise 's mo chridhe a' fàs lag, is m' anail goirid. Bha eagal orm gum feumainn Heidi a leigeil bhuam. Dìreach an gnothach a dhèanamh le bata geal. Cha bhiodh e ceart a cumail mura faigheadh i cothrom ruith is cluich a dhèanamh."

"Tha i laghach," thuirt Calum, a' tachas cluasan Heidi.

Nam biodh duine air faighneachd do Chalum an oidhche ud ciamar a bha e a' faireachdainn, cha b' urrainn dha a bhith air innse dhaibh. Bha e troimh-a-chèile. Bha Heidi laghach. Bha na coin a bha còmhla ris na daoine aig a' choinneimh laghach. Ach cha b' i Seòna a bh' ann an gin aca. Bha e ag ionndrainn Seòna cho mòr.

Nach bochd nach robh Darren ann, smaoinich e, dìreach son èisteachd ris.

# CAIBIDEIL 11

Bha Darren fhathast a' dèanamh a dhìchill na sgilean spòrs aige a leasachadh.

Bhiodh iad a' cur air falbh lìn is uidheaman eile dithis mu seach, às dèidh trèanadh ball-coise. Am feasgar seo, bha Darren ga dhèanamh còmhla ri fear a bha mu bhliadhna na bu shine na e. Fear air an robh Alasdair. Bha e math a-nis a bhith san rùm-èididh is frasair fhaighinn dhut fhèin, gun sgaoth dhaoine a bhith timcheall.

Cha robh e a' cluinntinn dè bha Alasdair ag ràdh, neo 's dòcha nach robh e ag èisteachd ceart. Ghlacadh e corra fhacal – 'dol an sàs', 'drioblaig', 'pas an comhair do chùil' – ach bha e a' còrdadh ris gu mòr a bhith fon fhrasair is an t-uisge cho blàth.

Dh'èigheadh e rudeigin mar, 'aidh', 'seadh' is 'ceart', aig amannan a shaoil e fhèin a bha freagarrach. Ach bha e a' dùraigeadh gun isteadh Alasdair, feuch am faigheadh e fois. Mu dheireadh, stad an t-sruth-chainnt a bh' air agus bha fhios aig Darren gun robh e a-mach às an fhrasair.

"Uill, ma-thà," ars Alasdair, nuair a nochd Darren a-mach mu dheireadh thall. "Dè do bheachd? Dè an latha as fheàrr a fhreagradh?"

Rinn Darren seòrsa de chrathadh air a cheann. Cò air a bha am fear seo a-mach?

"A-ha!" dh'èigh am fear eile aig àird a chlaiginn. "Uisge anns na cluasan! Na bi a' tionndadh do cheann uimhir, 's bidh tu ceart gu leòr!" Lean e air aig mìle deichibeil. "Dè an latha as fheàrr leat? Deireadh na seachdain gu math trang dhan dithis againn, ach feasgar sam bith às dèidh na sgoile. 'S dòcha nach eil Diluain cho saor. Ach... do roghainn fhèin. Dimàirt? Diciadain?"

Cha robh sìon a dh'fhios aig Darren gu dè bha fon eun aig Alasdair. Feumaidh gun do dh'aithnich Alasdair air. "Son beagan obrach a bharrachd air na sgilean againn," thuirt e.

"Di... Dimàirt. Chan e... Diciadain a b' fheàrr," fhreagair Darren. Bha e air cuimhneachadh gun robh 'Coinneamh nan Con' ga cumail a' chiad Dimàirt dhen mhìos. Cha b' e gun robh sìon a bheachd aige tilleadh an sin, às dèidh na thachair an turas mu dheireadh. Ach bha e mar gum biodh airson sealltainn dhan fhear seo nach robh e na amadan cho mòr 's a shaoileadh duine. Bha e airson a bhith a' coimhead glic, comasach, aige fhèin.

"Bidh mi ag obair gu saor-thoileach aig buidheann

carthannais," chual' e guth ag ràdh. Mun àm a
bhuail e air gum b' e a ghuth fhèin a bh' ann, bha e
air, 'agus bidh iad a' coinneachadh feasgar Dimàirt,'
a chur ris a' chiad phìos fiosrachaidh.

"Buidheann carthannais, mm?" thuirt Alasdair.
Dh'aithnich Darren air a choltas gun do choisinn e
deagh bheachd bhuaithe. "An ann airson Teisteanas
Diùc Dhùn Èideann?" dh'fhaighnich Alasdair.

"Ò chan ann," fhreagair Darren. "Chan ann
airson duais, ach dìreach gu bheil e a' toirt toileachas
dhomh fhèin."

"Abair e!" ars Alasdair, a' toirt dòrn bheag
dha na ghualainn. "'S beag an t-iongnadh ged a
bhiodh tu cho leibideach aig ball-coise. Ò! Chan
eil mi a' ciallachadh 'leibideach leibideach', tha
thu a' tuigsinn! Bha siud uabhasach mì-mhodhail.
Ach ma tha thu cho trang le rudan eile."

Rinn Darren gàire. "Tha sin ceart gu leòr," thuirt
e. Bha iad co-ionann. Bha Alasdair ag iarraidh
mathanas airesan agus cha robh e ga fhaireachdainn
fhèin cho amaideach.

"A-nis," ars esan, "dè mu dheidhinn Diciadain?"
Bha rudeigin an cùl inntinn Dharren ag ràdh,
"Feuch nach fhaighnich e an còrr cheistean. An ath
rud, bidh e ag iarraidh tighinn còmhla riut fhèin
's ri Calum gu 'Coinneamh nan Con'."

"Ceart, Diciadain!" ars Alasdair. "Mar a thuirt

mi, tha garradh mòr againne far am faod sinn a bhith ri ball-coise neo spòrs sam bith. Dìreach thig timcheall Diciadain às dèidh na sgoile. Gàrraidhean Dhèidh a thu a' fuireach, nach tuirt thu? Uill ma tha thu air a' bhus co-dhiù, sin àireamh 19, fan air gus am bi thu seachad air far am b' àbhaist an taigh-òsta a bhith. Tha e a-nis na thaighean son seann daoine. Ma thig thu dheth aig a' chiad àite stad às dèidh sin, tha sinne dìreach suas a' bhruthach air do làimh dheis – Rathad na Cuaraidh a th' air. An dèidh mu chòig cheud meatair, siubhail gu clì. Tha sinn ann an àireamh a seachd."

Fhad 's a bha e a' stobadh cairt bheag ann an làimh Darren, sheirm am fòn-làimh aige. Pib-pib, pib-pib. "Tud," ars esan, "tha mi fadalach. Sin teacs o m' athair, 's tha e cho beag foighidinn. Gu Diciadain ma-tà!" Is dh'fhalbh e. Ann an diog, bha a cheann timcheall an dorais a-rithist. "Bheil lioft a dhìth ort? Faodaidh sinn do chur dhachaigh."

"Tapadh leat," thuirt Darren, "tha e ceart gu leòr. Bidh Dad an seo an ceartuair. Tìoraidh." Shuidh Darren mu leth-mhionaid. Chuir e a cheann na làmhan, is rinn e am fuaim gearaineach ud nach biodh a' còrdadh ri Mgr Gòrdan neo ri Calum.

"Tha mi air amadan ceart a dhèanamh dhìom fhèin a-nis," ars esan ris fhèin. "Ciamar a gheibh mi às a seo? Diardaoin – trèanadh ball-coise. Dihaoine

– trèanadh iomain. Disathairne – còmhla ri Dad aig maids air choreigin. Là na Sàbaid – an-còmhnaidh trang le rudeigin. Diluain – saor. Corra Dhimàirt – Coinneamh nan Con, ma thilleas mi ann! Diciadain – oideachadh prìobhaideach còmhla ri Alasdair."

Cha b' aithne dha fiù 's an fhine aig Alasdair. Sheall e air a' chairt, sgrìobhte sa Bheurla: Alasdair Cameron, 7 Hilltop Gardens agus dà àireamh fòn ann an sgrìobhadh eadar-dhealaichte. Chuir e a' chairt na phòcaid, a' smaoineachadh gur e seòladh gu math spaideil a bha seo.

Cha robh duine timcheall ach luchd-glanaidh nuair a chaidh e a-mach an doras, a bhaga air a dhruim. Cha mhotha a bha duine a' tighinn ga thogail. Cha b' e nach deànadh a mhàthair neo athair sin dha. Ach cha robh Darren airson a bhith ro mhòr an taing a phàrantan. Bhiodh e a' còrdadh ris fhèin is ri Calum a bhith a' dol dhachaigh air a' bhus, neo a' coiseachd timcheall an loch, mar a bha Darren a' dol a dhèanamh am feasgar seo.

Ged a bha e sgìth às dèidh latha sgoile agus tòrr eacarsaich, bha Darren toilichte a' dèanamh dhachaigh. Bha an èadhar glan, is bhiodh e aig an taigh ann am fichead mionaid neo mar sin. Bha a' phàirc eadar na raointean-cluich agus a' chiad chruinneachadh de thaighean. Chùm e air sìos am frith-rathad, tarsainn an raoin-chluich, gus an do ràinig e far an robh Abhainn na Coille a' ruith sìos eadar na taighean. Bha e a-nis aig Loch Mhic an Fhucadair, lochan beag anns a' choille. B' àbhaist do sgoil-àraich a bhith faisg air a seo, ach chaidh a leagail o chionn fhada. Bha taighean ùra, spaideil a-nis air an làrach.

Bha e dìreach a' toirt sùil feuch an robh na h-iseanan a bh' aig na h-ealachan air fàs mòr 's air siubhal, nuair a chunnaic e cuideigin air thoiseach air. "Calum," thuirt e ris fhèin.

"A Chaluim," dh'èigh e. "A Chaluim!" Ach feumaidh nach robh Calum ga chluinntinn. Bha e na sheasamh air an fhrith-rathad, a chùl ris an loch. Bha e a' coimhead suas far an robh na taighean. "Hoigh! A Chaluim!" dh'èigh Darren a-rithist, a' dèanamh trotan suas am frith-rathad.

Mhothaich Darren gun robh barrachd air aon duine ann. "Tha sin neònach," thuirt e ris fhèin. Cha bhiodh Calum tric a' dol timcheall còmhla ri duine ach Darren fhèin. Ged a chleachd e a bhith a' dol timcheall an locha tric nuair a bha Seòna aige. Chùm e air, a' trotan.

Bha rudeigin ceàrr! Bha Calum na sheasamh is a làmhan air a chluasan. Bha e a' dèanamh fuaim nach robh Darren air a chluinntinn o chionn fhada. Fuaim aon-duanach, coltach ri caoidh, gun alagraich, gun deòir. B' àbhaist dha a bhith a' dèanamh seo nuair a bha e beag, nan tachradh rud nach robh e a' tuigsinn, neo a bha a' dèanamh dragh dha.

"A Chaluim!" dh'èigh Darren a-rithist 's e gu bhith aige. "Tha e ceart gu leòr! Tha mise a seo!"

B' ann an uair sin a mhothaich Darren dhan rud
– neo an fheadhainn – a bha a' dèanamh dragh do
Chalum. Dithis ghillean. Bha iad shuas pìos eadar
an loch is na taighean. Bha iad ag èigheach air
Calum, a' sadadh rudan agus a' dèanamh dhrèinean.

Chuir Darren a làmh air gualainn Chaluim.
"Mise th' ann," ars esan. "Darren." Cha tuirt
Calum guth. Cha tuirt e guth ach lean e air leis an
fhuaim, a' sealltainn air Darren gu tùrsach, brònach.
Mhothaich Darren gun robh falt Chaluim agus a
sheacaid a' coimhead bog fliuch agus steigeach.
Chunnaic e botal cola agus botal air choreigin eile
air an sadadh air an fheur.

Choimhead Darren suas is chunnaic e cò bh' aige.
Connor is Bradley, fear aca air a' chlas clàraidh aig
Calum 's am fear eile air a' chlas aige fhèin. Bha iad
an dèidh na bh' anns na botail a shadail air a charaid.
A bharrachd air corran cheapairean, bhriosgaidean,
chriospaichean is a h-uile sgudal a bh' anns na
bagaichean-sgoile aca. Bha Bradley air sreap suas
craobh. Bha e a' tarraing dhuilleagan is bhiorain
agus gan tilgeil sìos. Bha iad le chèile a' magadh
air Calum, ag èigheach ainmean air, 's a' dèanamh
fhuaimean coltach ri beathaichean. Bha Connor
a' leumadaich timcheall coltach ri muncaidh.

"Thigibh a-nuas an seo agus canaibh sin riumsa!"
dh'èigh Darren ris an dithis.

"Ò! Seall! Antaidh Darren," fhreagair Connor.
"Tha 'n t-eagal orm! Tha 'n t-eagal mòr orm! Seall,
a Chaluim. Tha d' antaidh air tighinn gus do thoirt
dhachaigh."

An ath rud, thàinig sgalartaich on ghàrradh air
an cùlaibh. Bha cuideigin air tighinn a-mach 's air
am faicinn. "Hoigh!" dh'èigh guth làidir, fiadhaich.
'S fheàrr dhuibh dèanamh às a seo, neo cuiridh mi
dh'iarraidh a' phoilis. Tha mi seachd searbh dhen
seo! Sibh fhèin a' fuireach ann an sitig, 's gun diù
air thalamh agaibh do chuid dhaoin' eile."

Rinn Connor sìos a' bhruthach agus dh'fheuch
Bradley ri leum às a' chraoibh. Gu h-obann, bha
iad le chèile a' sporghail 's a' dol mu seach air an
fhrith-rathad air beulaibh Dharren. Cha do dh'fhan
e diog son smaoineachadh. Bha uiread de dh'fheirg
air mu na rinn iad air Calum. Le uile neart, phut e
an dithis aca dhan an loch.

"Trobhad," arsa Darren, a' cur a ghàirdein mu
ghuaillean a charaid. "Thèid sinn dhachaigh."

Stad Calum dhen fhuaim is thug e a làmhan
bho a chluasan. Dh'fhàs e na bu shocraiche. Cha
tuirt Darren guth. Bha fhios aige gum biodh e na
b' fheàrr leigeil le Calum fhèin tòiseachadh. An
dèidh dhaibh a bhith a' coiseachd greiseag,
bhruidhinn e.

"'S ann on taigh a thàinig mi an-dràsta," thuirt e. "Bha mi ag ionndrainn Seòna."

"Mm-hmm," thuirt Darren. Bha fhios aige gun robh tòrr a bharrachd aig Calum ri ràdh. Nuair a bha Seòna aige, bhiodh e a' dèanamh cabhaig dhachaigh airson a toirt a-mach air chuairt. Mar sin cha bhiodh e gu diofar gun robh Darren aig ball-coise neo iomain. Bha am fasan aige fhathast ge-tà, agus cha robh e furasta a bhriseadh.

"Bhithinn ag innse a h-uile rud do Seòna," thuirt e.

B' fhìor do Dharren sin. Bha cuimhn' aige air Calum na shuidhe air làr a' chidsin feasgar, ri taobh leabaidh Seòna. Dh'innseadh e dhi a h-uile rud a rinn e feadh an latha. Bhiodh e a' bruisigeadh bian Seòna, neo 'am falt fada bàn aice', mar a chanadh màthair Chaluim.

"Bhithinn ga bruisigeadh an-còmhnaidh," lean Calum air. "Nuair a dh'fhàsadh i sgìth dheth, cha bhiodh i a' teicheadh idir. Neo a' dranndan, neo sìon. Bhiodh i dìreach a' tionndadh air a druim 's a' smèideadh le a spògan."

Bha cuimhn' aig Darren air a seo cuideachd. Cha b' ann tric a bhiodh Calum a' gàireachdainn a-mach mòr, ach bheireadh seo gàire cridheil orra le chèile, riamh o bha iad beag. Shaoil Darren gun robh a' ghàireachdainn a' còrdadh ri Seòna, oir thionndaidheadh i na suidhe airson gum faigheadh i aodann cuideigin imlich.

"Tha mòran dhaoine ag ràdh nach eil mothachadh aig coin neo creutairean air sìon," thuirt Calum, "ach thuigeadh Seòna a h-uile rud. Bhiodh i a' gàireachdainn nam biodh i toilichte, neo a' cur fàilt' air duine. Tha a h-uile cù mar sin. Agus ma tha thusa tùrsach, tha iadsan tùrsach. Bha i eòlach orm a bhith a' bruidhinn rithe. Bha dùil aice ris. Nam bithinn sàmhach, brònach, bhiodh i ri donnalaich bheag. Seòrsa de bhìogail."

Dh'fhairich Darren rudeigin neònach a' tachairt timcheall air a shùilean. Bha amhaich beagan goirt cuideachd, mar gum biodh cnatan a' tòiseachadh air. Cha b' e seo an gaisgeach a thilg an dithis bhlaigeardan ud dhan uisge! Rinn e casad beag airson amhaich a shocrachadh. Bha Calum sàmhach greiseag. Bha Darren taingeil nach robh dùil aige ri freagairt bhuaithe. Chùm iad orra, a' coiseachd taobh ri taobh.

"Bha e math a bhith a' bruidhinn ri Seòna," thuirt Calum mu dheireadh. "Cha bhiodh i ag ràdh, 'Bu chòir dhut seo a dhèanamh'. Neo 'Chan eil mi ag iarraidh seo a chluinntinn'. Neo 'Tha thusa neònach'. Bha i cho socair, laghach. Cha bhiodh i a' leum air duine son an goirteachadh, neo grèim a thoirt asta. Ach cha bhiodh an fheadhainn ud air tionndadh orm nam biodh i air a bhith còmhla rium."

"Neo nam bithinn-sa air a bhith còmhla riut," arsa Darren ris fhèin. Ach bha fhios aige nach b' e seo a bha Calum a' feuchainn ri ràdh idir. B' e rud gu tur eadar-dhealaichte a bh' anns a' chàirdeas a bha eadar Darren is Calum is a bha eadar Calum is Seòna. Cha robh adhbhar bruidhinn mu dheidhinn. Cha b' e neach-gleidhidh a bha dhìth air Calum, ach cù. Cha robh dhìth air Calum ach Seòna. Agus cha robh Seòna aige.

"Tha Mam ag ràdh gum bu chòir dhomh cù eile fhaighinn," thuirt Calum. Thionndaidh e is sheall e tiotan air Darren nuair a thuirt e seo. Sheall Darren air ais, ach cha tuirt e guth agus cha do dh'atharraich e a choltas.

"Chan e nach toigh leam coin eile. A bharrachd air Seòna. Tha Heidi laghach. Agus an fheadhainn ud a chunnaic sinn aig a' choinneimh. An fheadhainn a tha ag obair còmhla ris na daoine a tha dall. Bha iad dìreach àlainn. Cuid aca cho coltach ri Seòna. Agus bha iad socair cuideachd. Foighidneach."

Thog Darren na malaidhean. B' ann ainneamh a bhiodh Calum cho beothail seo. Mar bu trice, cha bhiodh mòran eadar-dhealachaidh air dòigh-labhairt neo àirde guth na chuid comhraidh. Ach an-dràsta, bha e gu math beothail. Mar gum biodh e fhathast a' bruidhinn air Seòna fhèin. Neo air dòbhrain agus leumadairean-mara.

"Bheil cuimhn' agad air Ealasaid agus Daibhidh?" dh'fhaighnich Calum, a' tionndadh ri Darren a-rithist. "Bidh iad ag àrach chuilean airson a bhith nan coin-iùil?"

Fhreagair Darren e an turas seo. "Tha cuimhn' a'm. Bha cuilean dubh aca. Yogi. Bha e cho snog 's cho còir."

"Bha," thuirt Calum. Bha e sàmhach mionaid neo dhà, is an uair sin thuirt e, "Cha b' urrainn dhòmhsa sin a dhèanamh. Cuilean àrach gus am biodh e beagan is bliadhna. An uair sin ga thoirt seachad, son gun ionnsaich e a bhith na chù-iùil. Chan eil e nàdarra."

Theab Darren gàire a dhèanamh. Cha robh e buileach cinnteach dè bha cho èibhinn mun rud mu dheireadh a thuirt Calum. Dìreach, 's dòcha, gun robh Calum, mar bu trice, na b' fheàrr air fìrinn na feallsanachd. Agus bha an rud a thuirt e, agus mar a thuirt e e, "Chan eil e nàdarra!" na bu choltaiche ri aois ceithir fichead na ri aois cethir deug.

"Tha fhios agam gu bheil cuilean beag, ùr a' tighinn thuca gu math goirid as dèidh dhan fhear eile falbh. Ach cha dèanadh sin e ceart dhòmhsa."

# CAIBIDEIL 13

Nuair a ràinig na bàlaich taigh Chaluim bha a mhàthair aig uinneag a' chidsin agus smèid i riutha. Dh'fhosgail i an doras-cùil. "Feumaidh gun do dh'fhairich sibh fàileadh na teatha ... ach càit an robh thusa?"

"Bha mi còmhla ri Darren," fhreagair Calum.

Sheall Alison air Darren is ghluais i a ceann o thaobh gu taobh, mar gum biodh i a' faighneachd, "Dè idir a th' air tachairt?"

"An robh fhios agaibh gun tàinig Calum nam choinneamh?" dh'fhaighnich Darren.

"Bha," thuirt i.

"Bha mi ceart gu leòr nuair a ràinig Darren," thuirt Calum.

"Feumaidh sinn innse dha do mhàthair mar a thachair," arsa Darren. An uair sin, thàinig e a-steach air nach robh fhios ceart aige fhèin mar a thachair. Rinn e gàire lag. "A bheil an teatha sin a' dol fhathast?" dh'fhaighnich e.

Shuidh an triùir aca timcheall a' bhùird. "Tha mi

duilich," arsa Darren, "ach bha sinn a' bruidhinn air Seòna. Chunnaic mi dè bha a' dol nuair a thachair mi ri Calum aig na taighean ùra." Agus dh'inns Darren mar a thàinig e air Connor is Bradley 's iad ag obair air Calum, agus mar a phut e an dithis dhan an loch.

Bha Calum ag èisteachd gun chus fiamh air aghaidh. "Cò às a thàinig Bradley agus Connor?" dh'fhaighnich a mhàthair. "Agus dè mar a thòisich iad air an dol-air-adhart?"

"Chan eil fhios a'm," fhreagair e. "Cha robh iad ann. Agus an uair sin bha iad ann, agus bha iad ag ràdh nach robh eanchainn agam. Nach robh sgot agam, is gun robh mi coltach ri muncaidh."

"Huh!" arsa Darren. "'S ann ri muncaidhean a bha iad fhèin coltach! Gu h-àraidh am fear a bha a' leum o chas gu cas 's a' dèanamh 'uh-uh-uh'." Is rinn e dìreach mar a bha Connor a' dèanamh.

"Chan eil Darren ach a' sealltainn dhomh mar a bha an dithis ud," thuirt Alison, gu cabhagach. Bha i air mothachadh gun robh Calum mì-chofhurtail a charaid a bhith ris an dol-air-adhart ud.

"Tha fhios a'm," arsa Calum, "ach chan eil e uabhasach snog."

Ge b' oil leotha, rinn an dithis eile gàire. Rinn Calum snodha beag e fhèin, is thuirt e gu tùrsach, "Cha robh feasgar uabhasach math againn."

"Tha fhios a'm," thuirt a mhàthair, a' suathadh a ghuaillean 's a dhruim, mar a bhiodh i a' dèanamh nuair a bha e beag is e troimh-a-chèile air sàillibh rudeigin. "'S fheàrr dhut a dhol fon fhrasair is an còla 's an smùrach bhriosgaid is eile a ghlanadh dhìot."

"'S fheàrr dhòmhsa gluasad mi fhèin," thuirt Darren, ag èirigh. "Tapadh leibh son na teatha."

"Ò, 's e do bheatha," thuirt Alison, "agus tha sinn fada nad chomain airson Calum a chuideachadh."

"Tha," arsa Calum. "Tapadh leat, a charaid," agus rug e air e làimh air Darren gu foghainteach.

Cha robh fhios aig Darren càit an sealladh e. Dh'fhàs e dearg san aghaidh is ghluais e o chas gu cas. Mu dheireadh, thuirt e rudeigin amaideach mu charaid, crùn agus sporan; rud nach robh freagarrach aig àm mar seo is nach tuigeadh Calum co-dhiù.

An dèidh do Chalum falbh, thionndaidh e ri màthair Chaluim a-rithist. "Chan eil iad a' dol a dh'fhaighinn às leis a seo," thuirt e. "Chaneil fhios a'm dè nì sinn. Cha b' ann san sgoil a thachair e. Agus mar sin chan e gnothach na sgoile a th' ann. Ach tha còir aig cuideigin bruidhinn ris na pàrantan aig an dithis ud."

"Tha thu ceart," ars ise. "Bha dùil agam gun robh seo seachad 's Calum anns an àrd-sgoil a-nis, agus e air a bhith a' dèanamh cho math. Ach tha cuideigin an-còmhnaidh a' mothachadh gu bheil e eadar-dhealaichte. Dìreach rudeigin cho beag 's a ghabhas, is feuchaidh iad ri gloidhc a dhèanamh dheth. Tha e ag ionndrainn Seòna cuideachd. Bhiodh e ag innse h-uile rud dhi. Agus bhiodh i ag èisteachd cuideachd." Rinn i gàire beag claon.

"Is a' toirt seachad comhairle, cuiridh mi geall!" arsa Darren. "Co-dhiù..." Sheall Darren air uaireadair. "Ò gu sealladh orm! An uair! Thèid mo mhàthair às a ciall."

"Nach do dh'fhòn... Ò, chan eil fòn agad," thuirt Alison. "Thu fhèin is Calum air an aon dòigh! Siuthad," a' sìneadh fòn thuige. "Inns dhaibh cà' bheil thu."

B' e athair a fhreagair. "Dè tha ga do chumail? Do mhàthair an seo a' smaointinn gur ann fo chàr a chaidh thu. Gur ann san ospadal a gheibheadh sinn thu."

Fhad 's a bha Darren air a' fòn, nochd Seumas, athair Chaluim. Cha b' urrainn do mhàthair Chaluim gun cluinntinn dè bha a' dol aig ceann eile na loidhne. Thug i a' fòn bho Darren. "A Dhòmhnaill," thuirt i. "Alison a th' ann. Na bi cruaidh air Darren. Tha buaireadh againn an seo, agus tha e air a bhith còmhla ri Calum, ga chuideachadh. Tha Seumas dìreach air nochdadh, is cuiridh e Darren dhachaigh. Tìoraidh."

Thionndaidh i ri Darren agus ri athair Chaluim. "Siuthad, a Sheumais," thuirt i. "Cha bhi thu fada a' cur Darren dhachaigh. Innsidh e a h-uile dad dhut air an rathad. Tha Calum fon fhrasair, 's bidh e ann fad uair a thìde mar is àbhaist."

"Ceart, ma-thà, a Dharren. Thugainn. Tha a' bhean-uasal air labhairt. Mach à seo leinn."

"Buaireadh, an e?" chuala Alison e ag ràdh, is e fhèin agus Darren a-mach an doras.

# CAIBIDEIL 14

Dh'inns Darren an sgeul a-rithist anns a' chàr. "Tha Calum ag ionndrainn Seòna gun teagamh," thuirt athair. "Tha e sìos gu mòr o bhàsaich i. Eil fhios agad, mar gum biodh e air ceum air ais a ghabhail. Chan eil e cho misneachail. 'S fhad' o nach robh e a' gearan mu dhaoine a bhith ag obair air. Chan eil mi buileach cinnteach cò iad – Bradley is Connor. Nam faicinn iad, 's dòcha... 's math gun do ràinig thu nuair a ràinig thu. Tha min dòchas nach cuir iad às do leth gun tug thu ionnsaigh orra – ged a bha iad fhèin a' toirt ionnsaigh air Calum. Sin far am biodh fòn-làimh feumail – air dòigh. Faodaidh duine dealbh a thogail leis co-dhiù. Chan eil an loch ud far an robh sibh uabhasach domhainn, a bheil?"

"Chan eil," arsa Darren. "Bha iad air èirigh nan seasamh mun àm a dh'fhàg mi fhèin is Calum. Bha iad ag èigheach 's a' trod. Cha robh an t-uisge gu am meadhan idir. 'S dòcha timcheall an sliasaidean."

Dh'fhosgail Janie an doras mus robh iad ceart a-mach às a' chàr. "Carson," ars ise, "nach biodh

94

fòn-làimh agad mar a bhios aig daoin' eile? Cha leigeadh tu leas a bhith a' bleadraich air. Dìreach teacs bheag a chur. "Ceart gu leòr. Bidh mi beagan fadalach." Ach cha robh i biorach idir is mu dheireadh, phòg i e.

Bha a h-uile duine toilichte Darren fhaicinn. Smaoinich e mar a bha an uair air ruith. Mun àm seo, bhiodh am biadh seachad aca is iad air tòiseachadh air ge b' e air bith a bha aca ri dhèanamh feasgar. Gu fortanach, bha màthair Chaluim air a' fòn a thogail a-rithist, agus bha fhios aca air a h-uile rud. Bha Darren toilichte nach robh aige ris an sgeul innse uair eile.

"Ciamar a tha Calum," dh'fhaighnich a mhàthair, "às dèidh na thachair?"

"Thig e suas ris," arsa Seumas. "Seachnaidh e an fheadhainn a chuireas dragh air is fanaidh e còmhla ris an fheadhainn nach cuir. Tha burraidheachd am measg dheugairean an-còmhnaidh. Tha na tidsearan treòrachaidh daonnan a' bruidhinn mu dheidhinn. Ach tha e mar gum biodh eagal aig cuid ro Chalum. Airson sealltainn nach eil iad coltach ris. Agus canaidh iad rudan mar, 'Cuidichidh Dadaidh thu'. An aon rud feasgar an-diugh – 'Darren ga do chuideachadh'. Nan leigeadh iad leis, tha Calum comasach gu leòr air e fhèin a chuideachadh."

"Feadhainn a bhios ris an obair seo, tha iad

dìreach aineolach," thuirt athair Dharren. "Coma de dhaoin' eile! Chan eil tuigse aca agus chan eil iad ga iarraidh."

"Tha sin ceart mu iomadh duine," arsa Mòrag, "ach cuimhnich gur e clann a th' anns an fheadhainn seo."

"Tha sinne – tha mi a' ciallachadh a h-uile duin' againn – air pàistean a dhèanamh dhiubh. Tha fear de na gillean ud a tha gu bhith sia-deug. Tha an uair aca uallach a ghabhail air an son fhèin. Agus cuideachd an suidheachadh fhaicinn tro shùilean dhaoin' eile. A bheil an dol-a-mach aca gan goirteachadh? Thachair mi ri feadhainn mar seo aig m' obair. 'Ò, feumaidh sinn an ola a thoirt a-mach! Ge b' e air bith an cron a nì e air na daoine a tha timcheall. Mach à seo leotha! Agus coma leinn dhen àrainneachd'. Sin an seorsa feadhainn a bhios ri burraidheachd." Rinn e fuaim feargach is shuidh e air an t-sòfa le brag.

"Tè de na h-òraidean aig Dadaidh," thuirt Janie, ga chlapranaich. Bha i air mothachadh gun robh a h-athair air a leamhachadh gu math furasta na làithean seo.

"Cha b' e òraid a bha siud ach trod!" ars esan. "Co-dhiù, sin agaibh e. Tha sinn uile measail air Calum còir. Dè a-nis?"

"Chan eil fhios a'm," thuirt athair Chaluim.

"Air dòigh, bhiodh e na b' fheàrr fhàgail aig a siud. 'S dòcha cluais ri claisneachd, feuch am fàgadh iad Calum a-nis. A bheil sibhse eòlach air an dithis?"

"Dìreach gam faicinn timcheall," thuirt màthair Dharren, "shìos aig na bùithnean. Timcheall na pàirce 's mar sin, nuair a bha a' chlann beag. Tha iad a' fuireach an àiteigin shuas an rathad ud eile," ag aomadh a cinn. "Tha màthair fear aca na gobaig."

Air an fhacal, sheirm clag an dorais.

"Tha sin neònach," thuirt màthair Darren, a' dèanamh a-mach. "Chan eil dùil againn ri duine. Cuideigin a' cruinneachadh do charthannas, 's dòcha."

Chuala càch an còmhradh mus fhac' iad duine. "...dìreach fuirich gus an cluinn sibh bho Bhradley fhèin an seòrsa burraidh a tha nur mac. A' leum air daoine gun adhbhar 's a' feuchainn rim bàthadh anns an loch."

Nuair a nochd am boireannach, laigh a sùil air Darren. "Tha min dòchas gu bheil airgead aige a cheannaicheas deise-sgoile ùr. Oir tha an tè bh' aige gun fheum. Air a gànrachadh anns an loch ud far am bi gach creutair a' salach."

Gun fhiosta, ghabh Janie grèim teann air làmh a h-athar is dh'fhàisg i i. Dh'fhàisg esan an làmh aicese. Cha tuirt e guth.

Bha Bradley a' feuchainn ri seasamh mar dhuine mòr, bragail fhad 's a bha seo a' dol. Ach chan eil e furasta a bhith bragail nuair a tha grèim aig do mhàthair air do ghàirdean 's i ag innse gur e seòrsa de thruaghan a th' unnad.

Sheall Darren air ais air Bradley. Cha robh e a' faireachdainn feargach idir. 'S ann a bha Bradley a' cur seòrsa de thruas air. Cha b' urrainn dha smaoineachadh air fhèin ann a leithid de shuidheachadh. Grèim aige air làmh a mhàthar, aig aois is ìre, agus ise ga dhìon.

Mhothaich màthair Bhradley mu dheireadh do dh'athair Chaluim, na shuidhe sa chòrnair na dheise-poilis, a cheap air an làr ri thaobh. Rinn i gàire beag mì-chneasta.

"Ò, gabhaibh mo leisgeul," ars ise. Thionndaidh i ri Darren is an gàire fhathast air a h-aghaidh. "Tha cuideigin air gearan mu do dheidhinn mu thràth, tha mi a' faicinn. Chan eil fhios gu dè rinn thu orrasan?" Thionndaidh i air ais gu Seumas is thuirt i, "Tha gu leòr agad air an fhear seo a chumas a' dol fad mhìosan thu!"

Bha Seumas mar gum biodh air a chlisgeadh. "Dìreach, dìreach," ars esan a' gnogadh a chinn.

Dh'atharraich Bradley na dathan. Bha fhios aigesan gum b' e seo athair Chaluim.

# CAIBIDEIL 15

Bha obair-dachaigh aig Darren, ach an dèidh grèim bìdh a ghabhail, gu math anmoch, cha mhòr gum b' urrainn dha a shùilean a chumail fosgailte. Dh'fheuchadh e leisgeul air choreigin. Bha e gu math cinnteach nach obraicheadh leisgeul. B' e Mgr Gòrdan a bha ann. Ach cò aige bha fhios? 'S dòcha.

Chaidil e, gun ghluasad, shaoil e, fad na h-oidhche.

Mar a thubhairt, b' fhìor. Cha do chreid Mgr Gòrdan a leisgeul. Gu fìrinneach, cha robh i na leisgeul uabhasach macmeanmnach. Cha robh eanchainn Dharren ag obrachadh ro mhath às dèidh na h-oidhche roimhe. Cha tuirt e ach gun do dhìochuimhnich e an obair a chur na bhaga.

Nan tigeadh tu dhan sgoil gun d' obair a dhèanamh, bha agad ri dhol gu rùm Mhgr Gòrdan às dèidh na sgoile. Bhiodh bileag ri toirt dhachaigh, ainm pàrant neo neach-cùraim a chur ri bonn, is tilleadh an-ath-latha aig leth-uair às dèidh trì. Mar sin, bha fios aca aig an taigh nach robh thu cho dìcheallach. Bha fhios aca cuideachd dè bha ga do chumail nam biodh dùil aca riut ro cheithir uairean.

Bha càch uile air falbh dhan ath chlas, agus bha Mgr Gòrdan gus a' bhileag a lìonadh, nuair a thuirt Darren, "Am biodh e ceart gu leòr nan tiginn a-nochd?" Sheall Mgr Gòrdan air gu geur. Cha b' ann tric a gheibheadh Darren e fhèin ann an crois. Agus bha rudeigin èiginneach, shaoil e, mar a chuir e a' cheist.

"Chan ann a' feuchainn ri seo a chleith bho do phàrantan a tha thu, an ann?" dh'fhaighnich e.

"Chan ann," fhreagair Darren, ged a bha e a' feuchainn air an dearbh rud. Agus air adhbhar eadar-dhealaichte on fhear a shaoileadh duine. B' e an dòigh aca a thaobh gnothach sgoile, 'Rinn thu ceàrr; feumar do pheanasachadh'. Ach bha eagal a bheatha air Darren an turas seo gun cuireadh iad brath gu Mgr Gòrdan ag innse carson a bha e anns an t-suidheachadh seo. Cha bhiodh e na b' fheàrr na Bradley. A' ruith far an robh Mamaidh leis a h-uile duilgheadas.

"Chan ann. Ag innse na fìrinn, tha mi air mo chlaoidh le ball-coise, iomain, is eile. Bhiodh e math dìreach fois fhaighinn." Agus ris fhèin, "Gu dè am feum a th' anns a' ghodail seo? Tha e cho math dìreach a dhol leis."

"Ceart, ma-thà," chual' e. "Staigh a seo aig clag leth-uair às dèidh trì, neo cha mhisde dhut. Niste, mach leat gu ge bith dè an clas a th' agad a-nis."

"Tapadh leibh, a Mhgr Gòrdan."

"Thalla, mus atharraich mi m' inntinn!"

Rinn Darren às, a' beachdachadh air cho tais-chridheach 's a bha Mgr Gòrdan a' fàs na sheann aois.

Bha dithis eile air an cumail air ais aig Mgr Gòrdan nuair a ràinig Darren. Shocraich e e fhèin aig bòrd, an dùil gun canadh an tidsear riutha an obair nach do rinn iad a dhèanamh an-dràsta. An àite sin, thuirt Mgr Gòrdan, "Tha sibh a-nis a' dol a sgrìobhadh taobh-duilleig co-dhiù, ag innse carson nach tug sibh dhomh an obair-dachaigh."

Gu dè bha seo? Sheall Darren air an tidsear. Sheall Mgr Gòrdan aire-san, is an uair sin air a' phàipear air a bheulaibh, mar gun canadh e, "Gu dè eile bha thu a' smaointinn a bhiodh tu a' dèanamh?"

"Sgrìobhaidh mi a h-uile rud a thachair," arsa Darren ris fhèin. "Cha chreid e srad dheth, ach cha bhi fhios aca aig an taigh co-dhiù."

An ceann mionaid neo dhà, thuirt tè dhen fheadhainn eile a bh' ann, "Mgr Gòrdan, tha mise deiseil."

"Dè sgrìobh thu? Leugh a-mach e."

"Cha tug mi steach m' obair-dachaigh a chionn 's gun do dhìochuimhnich mi mo leabhar," leugh i.

Rinn Mgr Gòrdan osna mhòr. "Cùm ort a' sgrìobhadh sin, ma-thà," thuirt e, "gus an can mise gum faod thu falbh." Sheall Darren fon t-sùil oirre fhèin 's air an tèile. Feumaidh gun robh iad ris an aon rud. Bha iad a' coimhead gu math searbh.

Aig ceithir uairean, thuirt Mgr Gòrdan, "Glè mhath, ma-thà. Faodaidh sibh falbh. Obair-dachaigh an seo aig an àm cheart, o seo a-mach."

"Chan eil mi deiseil," thuirt Darren.

Thionndaidh an tidsear, a' saoilsinn gum b' ann a' tarraing às a bha e. Ach thog e gu luath gun robh Darren ann an da-rìribh. "An e gu bheil thu ag ràdh rium gu bheil thu airson crìoch a chur air?" dh'fhaighnich e, gu neo-chreidsinneach.

"Tha... uill, ma tha e ceart gu leòr," fhreagair Darren. Bha e dìreach air tighinn a-steach air cho amaideach 's a bha e a' coimhead. Bha an dithis eile a' praoisgeil sìos an trannsa, math dh'fhaoidte a' smaointinn gun robh fìor ghloidhc air a chumail aig Mgr Gòrdan an-diugh.

"Dall ort, a bhalaich," arsa Mgr Gòrdan. "Tha pàipearan gu leòr agam an seo rin ceartachadh. Ma thèid iad dhachaigh leam, droch theansa gun tig iad às a' mhàileid."

Ann am beagan is fichead mionaid, bha Darren air a h-uile dad a sgrìobhadh. "Tha mi deiseil," thuirt e.

Smèid Mgr Gòrdan air a-null chun an deasg aige fhèin. Bha Darren dìreach a' dol ga fhàgail 's a' dol a dh'fhalbh, ach chuir an tidsear stad air. "Tad-tad," ars esan. "Feumaidh sinn am *magnum opus* seo a leughadh."

Rinn e sin gun ghuth, gus an do ràinig e am pìos mu dheireadh, far an do rinn e gàire cridheil. Sheall Darren air, gun fhios aige am bu chòir dha fhèin a bhith a' gàireachdainn, neo a bhith a' faighneachd gu dè bha cho èibhinn.

"An fhìrinn a tha seo?" arsa Mgr Gòrdan mu dheireadh.

"'S e," fhreagair Darren, gun e fhathast buileach cinnteach mu bhuil a' chòmhraidh.

"Bha thu riamh a' cosnadh comharra math airson do sgrìobhaidh," thuirt an tidsear, "ach saoilidh mi gur e seo rud cho math 's a leugh mi bhuat. Smaoinich! Màthair fear de na reubaltaich ud a' tighinn chun na dachaigh agaibh. Is e fhèin còmhla rithe! Tha còir agad barrachd sgrìobhaidh a dhèanamh, Darren. Tha thu math air. An fhìrinn a th' agam."

"Ahh!" thuirt Darren. "Rud math a bhiodh an sin. Bu toigh leam gu mòr a dhèanamh. Ach tha mi cho trang."

"Trang!" arsa Mgr Gòrdan. "Cò leis?"

Dh'inns Darren dha mar a bha athair aig an

taigh fad na h-ùine a-nis. Dh'inns e dha cho toilichte 's a bha iad uile leis an t-suidheachadh seo. Agus dh'inns e dha cho dèidheil 's a bha athair air tòrr ùine a chur seachad còmhla riutha uile a-nis. Agus cho mòr 's a bha e a' brosnachadh Dharren fhèin a bhith ri iomain is ri ball-coise, mar a bha Dòmhnall fhèin aig aois.

"Nis," arsa Mgr Gòrdan, nuair a sguir Darren a bhruidhinn, "tha mi a' creidsinn na thuirt thu. Tha e math gu bheil d' athair aig an taigh. Agus gu bheil sibh còmhla mar theaghlach. Ach thusa an sàs gu mòr am ball-coise is iomain? Cha chuala mi seo agad ann an còmhradh. Cha mhotha a bhiodh iomradh air na do sgrìobhadh." Stad e is sheall e air Darren, a' cheist fhathast air aghaidh.

"A dh'innse na fìrinn," thuirt Darren, "chan eil mi math air aon seach aon aca." B' e seo a' chiad uair a thuirt e seo a-mach mòr, agus bha e na sheòrsa de fhaothachadh dha. Lean e air. "Nuair a bha m' athair air falbh ag obair, cha bhiodh e a' faighinn dhachaigh tric. Ach nuair a bhitheadh e aig an taigh, bhiodh ùine gu math fada aige. 'S dòcha sia neo ochd a sheachdainean. Timcheall air saor-làithean na sgoile. Bhiomaid a' falbh a dh'àiteachan. Airson a bhith a' coiseachd – monaidhean, coilltean, cladaichean. Cha robh guth air ball-coise neo iomain. Cha robh mòran ùidh agam riamh annta. Dìreach leth-uair neo mar sin às dèidh na sgoile son ùine a chur seachad. Cuideachd, tha Calum coma dhiubh. Chan eil e math air spòrs sam bith."

Mun àm a sguir e a bhruidhinn, bha Darren air innse do Mhgr Gòrdan mar a chaidh e a-mach air Calum an oidhche roimhe. Mu cho eadar-dhealaichte 's a bha athair a-nis, mar gum biodh e a' saoilsinn gun robh e air dearmad a dhèanamh air fhèin, Darren. Gun robh e a-nis ag iarraidh a bhith a' dol timcheall a' toirt taic dha mhac anns gach gèam a bhiodh aige.

"Cia mheud gèam anns an deach do thaghadh, ma-thà?" dh'fhaighnich Mgr Gòrdan.

"Cha deach ann an gin," thuirt Darren le gàire beag fann. "Mar a thuirt mi cheana, chan eil mi gu feum sam bith."

"'S cha bhi," thuirt e an ceann ùine.

"A bheil thu air seo innse dhad athair?" dh'fheòraich an tidsear. "Nach eil e a' còrdadh riut. Nach eil alt agad air. Cho sgìth 's a tha e gad fhàgail?"

"Chan eil," thuirt Darren. "Chan eil fhios a'm ciamar a bhitheadh e. Chan e gum biodh e feargach – ged a bha e gu math fiadhaich a-raoir – rud nach àbhaist dha. Chan eil mi airson a bhith nam bhriseadh-dùil dha."

Sgaoil Mgr Gòrdan a-mach a làmhan. "'S ann an urra riut fhèin a tha e, uill ris an dithis agaibh. Smaoinich air a' chòmhradh a bh' againn an seo, nuair a gheibh thu ùine leat fhèin. Ma gheibh thu ùine," thuirt e le fiamh beag gàire. "Tha mi toilichte gun robh an còmhradh seo againn. Bha mi air mothachadh nach robh thu mar a b' àbhaist. Bha fhios a'm nach b' e hòrmonan a-mhàin a bh' ann."

"Tapadh leibh, Mgr Gòrdan," arsa Darren, "airson èisteachd. Agus airson na comhairle. Tha mi duilich," a' sealltainn air a' phìle phàipearan nach deach a cheartachadh, "mun a seo."

"Tud," ars esan. "Nì mi uaireigin iad. Cha mhothaicheadh cuid dhiubh seo ged a chuirinn teine riutha. Cuimhnich mar a thuirt mi mu do sgrìobhadh. Siuthad! Thoir leabhar sgrìobhaidh às a seo," a' toirt leabhar do Dharren às an treidhe air a' bhòrd. "Dèan notaichean air rud sam bith a thig thugad. Thig bàrdachd neo sgeulachd às am beagan sheachdainean, cuiridh mi geall."

"Tapadh leibh," arsa Darren. "Bheir mi a-steach m' obair-dachaigh a-màireach."

Thog Mgr Gòrdan òrdag. "Glè mhath, a Dharren," thuirt e. "Feasgar math."

Bha Darren a' faireachdainn na b' aotruime a' coiseachd dhachaigh. Cha b' e dìreach nach robh e cho sgìth, ach bha an còmhradh air diofar a dhèanamh. Ged nach canadh e guth ri athair fhathast, bha an sìol air a chur, mar gum biodh. 'S dòcha ann an ceala-deug neo mar sin.

Cha b' fhada gus an robh Darren aig an taigh.

"Eil sibh a-staigh?" dh'èigh e a-steach an doras. Bha e air ruigheachd mun àm àbhaisteach. Thàinig Janie a-mach às a' chidsin, a' crathadh rudeigin gu h-àrd na làimh, mar gum biodh i a' smèideadh leis. Shìn i thuige e.

"Dè tha sin?"dh'fhaighnich e.

"Fòn-làimh," ars ise.

# CAIBIDEIL 16

Bha Darren a' faireachdainn mar gum biodh comataidh a' dol na cheann. Bha feasgar Dimàirt ann agus bha dùil aig Alasdair Camshron ris às dèidh na sgoile a-màireach. Bha tòrr a bha ga fhàgail mì-chofhurtail mun a seo. Bha e, 's dòcha, air cur roimhe innse dha athair nach robh e math air spòrs am buidhnean. Gur dòcha gum biodh e na b' fheàrr sgur de thrèanadh. Nach robh ann ach cosg tìde dha fhèin is dhan luchd-trèanaidh. Am biodh e na bhriseadh-dùil dha athair, ge-tà? Neo an robh e air mothachadh cho beag feum 's a bha e fhèin, Darren, is caman na làimh, neo ball aig a chasan?

Agus dè mu dheidhinn fhèin, Alasdair còir? Agus bha e còir gun teagamh. A' tairgsinn a chuideachadh le diofar thaobhan den ghèam. Ach am biodh eadar-dhealachadh mòr eatarra? Thug e sùil eile air a' chairt. Seòladh spaideil. Sgoil phrìobhaideach, bha fhios aige; cha b' urrainn dha gun mothachadh dhan deise. B' fheudar dha aideachadh gun robh seo a' dèanamh dragh dha. Ach cha robh fhios aige carson.

Cha tug e an aire gun robh e a' falbh o rùm gu rùm shìos an staidhre gus an tuirt a mhàthair, "Gu dè an siubhal a th' ort? Dè tha gad fhàgail cho an-fhoiseil?"

"Chan eil sìon," fhreagair e, is an uair sin. "Uill, bheil fhios agaibh mar a tha mi a' dol gu trèanadh?"

"Tha," ars ise," ag osnaich. "Bheil thu a' dèanamh mòran dheth? Bha mi dìreach a' ràdh ri d' athair aig deireadh na seachdain nach robh mi cinnteach an robh na sgilean agad a chosnadh àite ann an sgioba iomain. Agus ball-coise? Tud! Ach ma tha e a' còrdadh riut fhèin...?"

Stad Darren agus sheall e oirre le iongnadh.

"Cha leig thu leas," thuirt i. "'S mi do mhàthair. Tha cuimhn' agam nuair nach robh thu ann. Agus on a thàinig thu, cha do shaoil mi riamh gum biodh tu a' gabhail prìomh phàirt ann an spòrs. Tha thu fhèin 's Janie air an aon dòigh. 'S fheàrr leibh leabhar seach ball. Coiseachd air a' chladach, siubhal nam beann. Tha sin na eacarsaich gu leòr dhuibh. "Siubhal air na cladaichean, 's a' coiseachd air a' ghainmhich," sheinn i. "Ach dè th' ort, Darren?" nuair nach do sheinn e còmhla rithe, neo nach do rinn e dannsa beag gòrach.

"Och, siud is seo," thuirt e. "Chan eil mi airson nach bi Dad moiteil asam. Bha e fhèin cho math – air iomain gu h-àraidh. Tha e a' còrdadh rium air dòigh. Ach cha bhi mi gu mòran feum. Tha mi air ceum a ghabhail gu bhith nam neach-ionaid a-nis. Aon turas a fhuair mi mo chas air pàirc. Timcheall air deich mionaidean."

"Tha mi air sin aideachadh ri duine neo dithis a-nise," smaoinich e.

Dh'inns e dhi mu Alasdair, is mar a thairg e a chuideachadh leis a' bhall-coise. Mar a bha e gus fònadh agus leisgeul a dhèanamh, ach nach robh e airson a bhith mì-mhodhail. Mar a bha am fear eile aig sgoil phrìobhaideach 's e a' sìneadh a-mach chairtean le seòladh is eile orra. Sheall e a' chairt dhi.

"Bheil thu airson gum bruidhinn mise ri d' athair?" dh'fhaighnich i. "'S aithne dha mo bheachdan mu thràth."

"Chan eil," fhreagair e. "Fàgaidh mi greis fhathast e. Co-dhiù, bhiodh e na b' fheàrr nam bruidhninn fhèin ris."

"*Man to man*" thuirt a mhàthair, a' gnogadh a cinn.

"Ceart... uill... seòrsa dheth... air dòigh. Tha mi mòr gu leòr a-niste bruidhinn air mo cheann fhèin."

"Tha mi ag aontachadh riut an sin. Gun a bhith an taing duine," thuirt i. "Nis mu dheidhinn Alasdair tha seo. 'S e chanainn riut, mas e gille dòigheil, laghach a th' ann, nach biodh sibh nur

110

caraidean ge bith cò às a thàinig e. Dh'fhaodadh tu fhèin is Janie a bhith aig sgoil phrìobhaideach. Chan e gun tàinig e riamh a-steach oirnne. Bha na caraidean air fad agaibh gu bhith a' dol gu Sgoil na Garbhaich. Nuair a bha mi fhèin 's d' athair òg, bhiodh a h-uile duine a' dol don aon sgoil co-dhiù. Ach 's e roghainn a th' ann a tha mòran dhaoine a' dèanamh an-diugh. Neo faodaidh iad deuchainn shònraichte a shuidhe is faighinn a-steach mar sin." Tharraing i anail. "Niste, tha seo a' dol na tè de na h-òraidean aig Mamaidh'. Mur eil thu a' dol gu taigh Alasdair a-màireach, 's fheàrr dhut fios a leigeil. Tha a' chairt sin agad – rud a dh'fhaodas duine sam bith a dhèanamh dhaibh fhèin le coimpiutair san latha a th' ann – agus am fòn aig Janie, nach eil?"

Thug Darren am fòn a-mach is chrath e e san adhar, mar a rinn Janie ris fhèin.

"Gu sealladh orm," ars a mhàthair. "'S e tha sin ach am fear a bh' agam fhèin o chionn trì neo ceithir a bhliadhnachan. Chan eil fhios a'm fiù 's an tog e dealbh. Feuch nach fhaic do charaid Alasdair e, neo bidh e a' smaoineachadh gur e *hobo* a th' annad," ga dhiogladh, 's i a' dol a-null seachad air chun a' phreasa.

Feasgar Diciadain, às dèidh na sgoile, bha Darren
air a' bhus a' dèanamh air taigh Alasdair. Thàinig e
dheth dìreach far an tuirt Alasdair is choisich e an
t-astar goirid suas chun an taighe. Feumaidh gun
robh a charaid ùr a' cumail sùil, oir chaidh an doras
fhosgladh cha mhòr san clag fhathast a' seirm.

Cha robh màthair Alasdair fad' air a chùlaibh.
"Fàilt' ort!" thuirt i. "Thig a-steach, a Dharren,
thig a-steach. Tha mi air tòrr a chluinntinn mu
do dheidhinn."

Chuir seo iongnadh air Darren. 'S gann gun robh
facal eatarra chun na h-oidhche roimhe. 'S dòcha
gun robh i mar seo ris a h-uile duine.

"Niste," thuirt i, "bidh agad ri aodach spòrs a chur
ort? Tha taigh-beag a bhos an seo." Dh'fhosgail i
doras is chuir i air solas.

"Tapadh leibh, Mrs Cameron," thuirt Darren
gu modhail. Cha robh e fada ag atharrachadh a
chuid aodaich. Chaidh e fhèin is Alasdair a-mach

an doras-cùil. "Obh, obh!" thuirt Darren. "Chan e gàrradh a tha seo ach raon."

Rinn Alasdair gàire. "Tha tòrr fearainn a' dol leis an taigh," dh'aontaich e. "Bha pìos air a rèiteach airson teanas nuair a thàinig sinn an seo. Ach cha bhi duine againn ga chluich. Thuirt mo mhàthair gum faodamaid a reic son làrach taighe, ach cha chreid mi gun tachair sin. Tha e math an seo air feasgar samhraidh, a' gabhail na grèine. Chan fhaic duine a-steach."

Bha sgilean sònraichte aig Alasdair gun teagamh, a thaobh ball-coise. Thug iad callan sìos is suas air an fheur, ag obair gu h-àraidh air pas an comhair do chùil. Cha do mhothaich Darren gun robh suas ri uair a thìde air siubhal.

"Och och," ars Alasdair, a' cromadh sìos, is ag altachadh a chasan 's a dhruim. "'S fheàirrde sinn siud," mar a thuirt am fear eile. "An-ath-sheachdain ma-thà?"

Chuimhnich Darren rud a thuirt a mhàthair. Nach do gheall e idir a bhith aig taigh Alasdair a h-uile Diciadain. Chuir e air aodann brònach. "Gheall mi gàrradh caillich a tha a' fuireach faisg oirnn a sgioblachadh, nam biodh sìde ann. 'S dòcha uaireigin eile?"

"Ceart gu leòr. 'S dòcha an ceann ceala-deug.

Dìreach cuir teacs. Cuir a siud i, 'ille." Shìn Alasdair a-mach a làmh 's rinn iad an crathadh-làimhe neònach ud a bhios aig luchd-spòrs.

Chaidh iad a-steach dhan chidsin. Bha a' Bh-ph Chamshron an sin. Bha nighean ann cuideachd, na suidhe aig a' chunntair, cupa air a beulaibh agus i a' leughadh iris.

"Cofaidh? Teatha? Orains?" dh'fhaighnich Alasdair. "Ò, sin agad mo phiuthar bheag, Megan."

"Hi," arsa Megan.

"Hi," arsa Darren, is mus d' fhuair e stad a chur air fhèin, rinn e seòrsa de smèideadh, mar gum b' e gloidhc a bh' ann. Dh'fhàs aghaidh teth. Bha e am beachd tarraing, ach chual' e guth – a ghuth fhèin – ag ràdh, "Bhiodh cupa teatha math, tapadh leibh."

Anns a' ghreiseig bhig a bha e ag òl na teatha, fhuair e a-mach gun robh Megan an aon aois ris fhèin, bliadhna na b' òige na Alasdair, agus gun robh an sgoil aice – nigheanan a-mhàin – anns an aon shràid ris an sgoil aige fhèin. Bha i math air lùth-chleasachd agus air dannsa. Agus bha i uabhasach, uabhasach snog!

# CAIBIDEIL 18

Bha athair air tighinn dhachaigh tràth am feasgar ud. Bha e ag obair air rudeigin timcheall an t-sinc nuair a ràinig Darren. "Ciamar a bha an t-oideachadh neach gu neach?" dh'fhaighnich e.

"Glè mhath!" thuirt Darren, a' lìonadh glainne le bainne teòclaid a-mach às a' frids. Bha e coltach gun robh e math dha do bhodhaig nam biodh tu ri tòrr eacarsaich. "Tha gàrradh mòr aig na Camshronaich. Bha sinn ag obair air pas an comhair do chùil gu h-àraid. Beagan drioblaigeadh cuideachd. Siud is seo."

Shuidh e aig còrnair a' bhùird, is coltas gu math sona air. Shaoil Dòmhnall nach fhac' e riamh a mhac air a dhòigh cho glan às dèidh poile trèanaidh. 'S dòcha gur e seo a bha dhìth air; gun robh e beagan diùid a bhith am measg buidheann mòr far an robh tòrr chluicheadairean math.

"'S a bheil sibh a' dol ga dhèanamh a-rithist?"

"Er-mmm, tha," arsa Darren, "seachdain on diugh." Bha e air a leamhachadh gun tuirt e ri

Alasdair nach b' urrainn dha tighinn, ach bha e a' dèanamh plana mu thràth. Bha àm-dìnnearach na sgoile aig Megan bho leth-uair às dèidh meadhan-latha gu leth-uair às dèidh uair, an aon uair 's a bh' aige fhèin.

"Ciamar a bha Alasdair?" dh'fhaighnich a mhàthair, is e ga cuideachadh a' sgioblachadh a' chidsin às dèidh àm bìdh.

"Ceart gu leòr," fhreagair e, is chùm e air a' glanadh a' bhùird.

"'S math sin," ars ise. "A bheil an dachaigh aca uabhasach spaideil?"

"Gu math coltach ri seo fhèin na broinn. Mòr, ge-tà. Chanainn 's dòcha dà rùm-cadail a bharrachd. Seadh, gun a bhith feadh an taighe air fad." "Carson a thuirt i 'an dachaigh aca'?" bha e ag ràdh ris fhèin.

"Agus an e *latchkey kid* a th' ann? Neo am faca tu duin' eile?"

"Ò, seadh!" thuirt e. B' e seo a bha 'aca' a' ciallachadh.

"Bha a mhàthair ann. Bha i laghach. Leig i dhomh seabhtadh anns an taigh-bheag shìos an staidhre. Ghabh sinn cupa teatha às dèidh a bhith a' trèanadh."

Chuireadh crìoch air a' chòmhradh neònach seo le Janie a' tighinn a-steach às an rùm eile. "Màthair

Chaluim a bha siud air a' fòn," thuirt i, "agus cha chreid sibh gu dè th' air tachairt."

Thionndaidh an dithis eile a dh'èisteachd.

"Tha màthair Chonnor dìreach air tadhal oirre."

"Ò gu sìorraidh!" thuirt a màthair. "An robh i leatha fhèin? Alison, tha mi a' ciallachadh. A bheil i ceart gu leòr?"

Rinn Janie gàire. "Tha gu dearbh," thuirt i. "Tha e coltach nach eil màthair Chonnor idir mar a tha màthair an fhir eile. Chan eil i air a dòigh le feadhainn a th' aige mar charaidean. Bradley gu h-àraidh." Shuidh i aig a' bhòrd. "Bidh i sealltainn air a' fòn aig Connor gun fhiosta dha. Nuair a ràinig e dhachaigh an latha roimhe 's e bog fliuch, rinn e suas ropal mòr de sgeulachd a bha dìreach do-chreidsinneach. Nuair a fhuair i cothrom, sheall i cò ris a bha e a' conaltradh. Bha teacsan ann bho Bhradley mu dheidhinn na rinn iad air Calum. Agus bha dealbhan air a' fòn aige a' sealltainn Bradley a' dòrtadh cola is uisge 's a h-uile rud air Calum."

"Cha robh Darren air – gam putadh dhan loch?" dh'fhaighnich a màthair.

"Cha bhitheadh," thuirt Darren. "Mun àm a ràinig mise, bha fear a' trod anns a'ghàrradh air an cùlaibh. Bha iad a' teicheadh. Cha robh sgeul air fòn."

Chuir Darren a làmh air a' fòn a bh' aige fhèin a-nis na phòcaid. 'Inneal na mallachd,' smaoinich e.

Bha e an dòchas nach tòisicheadh a mhàthair fhèin air an obair ud. Ach cha b' ann mar sin a bha i. Rud sam bith a bha ri ràdh, chanadh i riut e.

"Bha Connor còmhla ri mhàthair," thuirt Janie. "Cha robh e mì-mhodhail neo sìon. Dh'iarr e mathanas air Calum. Thuirt e nach drachadh e na ghaoth tuilleadh.

Sheall Darren air uaireadair is dh'èirich e. "Obair-dachaigh," ars esan.

Cha robh e a' smaoineachadh gun robh mòran aige ri dhèanamh. Ach bha fhios aige nan tòisicheadh Janie air, nach stadadh i gus am faigheadh i mach a h-uile sìon. Fiù 's dath nan searbhadairean ann an taigh-beag nan Camshronach. Agus bha e airson smaoineachadh ceart air mar e dhèanadh e an gnothach air Megan fhaicinn an-ath-latha.

CAIBIDEIL **19**

Bhiodh Darren is Calum a' toirt leotha cheapairean is ùbhlan bhon taigh, 's gan ithe aig ceann shìos an t-seòmair-bìdh far an robh bùird air an cur air leth. Ma mhothaich Calum an-ath-latha gun robh cabhag air Darren am biadh a chur seachad, cha tuirt e guth.

"An tèid sinn cuairt bheag?" dh'fhaighnich Darren, nuair a bha iad ullamh. "Tha turadh ann co-dhiù."

"Ceart," thuirt Calum, "anns na gàrraidhean?"

Bha an t-sràid taobh a-muigh na sgoile gu math trang, ach bha gàrraidhean beaga, le feansa timcheall orra, air taobh eile na sràide. Bhiodh daoine a bha a' fuireach ann am meadhan a' bhaile a' gabhail na grèine anns na gàrraidhean as t-samhradh is feadhainn eile a' toirt an cuid chon air sgrìob bheag. Bha iad math son an luchd-obrach anns na h-oifisean a bha timcheall – àite far an gabhadh iad grèim bìdh neo beagan fois.

Cha bhiodh mòran de na sgoilearan a' dol annta.

B' fheàrr leotha dèanamh air a' bhaile airson piotsa neo rud mar sin fhaighinn. Air an adhbhar sin, bha na gàrraidhean a' còrdadh ri Calum. Cha bhiodh daoine a' ruith timcheall neo a' dèanamh fuaim.

"Dè mu dheidhinn Bethan?" dh'fhaighnich Darren. "Eil fhios an tig i?"

Bha Bethan aig bòrd air an cùlaibh. Bha i dìreach air èirigh 's i a' sgioblachadh a bogsa am measg na bh' aice na baga. Ghnog Calum a cheann.

"Tha mi fhèin 's Calum a' dol a-mach cuairt," thuirt Darren. "Bheil thu ag iarraidh tighinn còmhla rinn?"

"Math fhèin," thuirt Bethan. "Bhiodh e math faighinn a-mach à seo greiseag. Bheil duin' eile a' tighinn?" thuirt i ri càch.

"Ò, na can rium!" arsa Darren ris fhèin, ach bha dithis a' dol dhan leabharlann is an tèile gu club saidheans.

"Am feuch sinn a-null?" dh'fhaighnich Bethan, a' coimhead feuch an tigeadh briseadh anns an t-sreath chàraichean.

"Nach tèid sinn an taobh seo?" thuirt Darren, ag aomadh a chinn gu clì.

"Glè mhath," thuirt Bethan. Choimhead Calum sìos. Cha tuirt e guth, ach thàinig e còmhla riutha.

Cha robh ach oifis neo dhà eadar an sgoil aca

agus sgoil Megan. Chùm Darren a shùil a-mach fhad 's a bha iad a' dol seachad. Bha cuid dhiubh seo a' gabhail cuairt, feadhainn a' dèanamh air a' bhaile, cuid eile a' tilleadh. Dìreach coltach ri Sgoil na Garbhaich.

Chan fhaiceadh e sgeul air Megan. Agus cha robh seo na iongnadh. Bha seacaid air a h-uile tè – beag is mòr. Sgiort air an aon dath. Lèintean air an aon dath, taidh air a h-uile tè. Bha fiù 's na stocainnean a bh' orra an aon rud. Ged a bha deise-sgoile aig sgoil Darren, bha taghadh na lùib. Cha leigeadh duine a leas seacaid na sgoile a bhith orra gus am biodh iad air a' chòigeamh bliadhna.

Bha Calum agus Bethan a' coiseachd ri taobh Darren. Gu h-obann, thionndaidh e is thòisich e air coiseachd an rathad a thàinig iad.

"Cà'il sinn a' dol a-nise?" arsa Calum.

"'S fheàrr dhuinn tilleadh," thuirt Darren, "mus bi sinn fadalach."

"Tha còrr is fichead mionaid mus buail an clag," thuirt Calum.

"Dìreach an taobh ud a ghabh sinn. Chan eil e cho inntinneach." Sheall Bethan is Calum air càch-a-chèile. Chrath Bethan a ceann.

Bha Darren gus dùil a leigeil seachad gun robh e a' dol a dh'fhaicinn Megan. Aig a' cheann thall, b' ise a mhothaich dhàsan. "Darren!" chual' e an

guth air a chùlaibh. Bha iad dìreach an dèidh a
dhol seachad air càch-a-chèile.

"Dè?" thuirt e. "Ò, Megan! Chan fhaca mi thu."

An fhìrinn a bh' aige. Bha seo a' coimhead tòrr
na b' fheàrr. Mar nach robh e air a bhith ga lorg.
Bha i a' coimhead eadar-dhealaichte na h-aodach-
sgoile. An àite a falt fada donn a bhith mu a
guaillean, bha e air a tharraing air falbh o h-aodann,
is air a cheangal gu h-àrd air cùl a cinn.

"A-mach air chuairt, eh?" ars esan. Agus ris
fhèin, "Carson a tha mi a' bruidhinn mar gum
b' e mo sheanair a bh' annam?" Lean e air. "Seo
mo charaidean, Bethan agus Calum."

"Seo Emily agus Daisy," thuirt Megan

"Hi," thuirt cuid.

"Hallò," thuirt càch. Rinn iad uile gàire ach
Calum. "Bidh Darren ri ball-coise còmhla ri
Alasdair," thuirt Megan ris an dithis eile. Ri Darren
is ri càch thuirt i, "Bha sinn sa bhaile. Bidh sinn
a' dol ann gu math tric. Seadh ma bhios turadh ann
's nach bi e ro fhuar."

"Tha e glè mhath an-diugh," thuirt Darren. "Uill,
b' fheudar dhuinn uile fuireach a-staigh an-dè, leis
cho fliuch 's a bha e." Rinn a h-uile duine ach
Calum gàire a-rithist. Cha robh fhios aig duine aca
carson.

"Cumaidh mi..." thuirt Darren.

"Nach fhaodadh..." thuirt Megan aig an aon àm. Rinn an dithis gàire. "Nach fhaodadh sinn a dhol cuairt còmhla a-màireach?" thuirt Megan.

"Ceart, bidh sin math," arsa Darren. Cha robh Megan air a ràdh cò dha a bha i a' toirt fiathachadh, ach cha tuirt duine eile guth.

"'S fheàrr dhuinn cabhag a dhèanamh. Bidh sinn fadalach," thuirt Emily.

"Ò, dìreach còig mionaidean againn," thuirt Megan. "Tìoraidh ma-thà."

"Tìoraidh," arsa càch uile.

"Beagan às dèidh uair!" dh'èigh Megan às dèidh Darren. Smèid e air ais.

"Nach bi e uabhasach trang shìos an t-sràid mun àm ud a-màireach?" dh'fhaighnich Calum.

Sheall Bethan tiotan air Darren. Thionndaidh i air ais gu Calum. "Mas fheàrr leat cuairt gu ruig na gàrraidhean, thig mis' ann còmhla riut," ars ise gu luath.

Stad Calum agus sheall e dìreach air Bethan. "Aidh," ars esan. "Cuairt timcheall nan gàrraidhean. Bhiodh sin fada na b' fheàrr."

Ghabh Bethan grèim air làmh Chaluim. Cha do tharraing e a làmh air falbh idir.

Cha robh cuimhn' aig Darren an latha às dèidh sin càit an tuirt iad an coinnicheadh iad. Bha fhios aige gun do dh'aontaich iad beagan às dèidh uair. Mar sin, bha e aig doras-aghaidh sgoil Megan aig dà mhionaid às dèidh uair. Cha robh fhios aige am b' e eagal neo toileachas a dh'fhairich e nuair a nochd i leatha fhèin.

"Hi," thuirt iad còmhla, le gàire beag fèin-mhothachail.

"An do ghabh thu biadh?" dh'fhaighnich e. Anns a' mhionaid, smaoinich e cho gòrach 's a bha a' cheist. Cha b' urrainn do dhuine coiseachd gu meadhan a' bhaile, biadh fhaighinn agus tilleadh, anns an ùine a bh' aca.

"'S mi a ghabh," thuirt Megan. "Bidh ceapairean agam on taigh."

"'S math sin," thuirt Darren ris fhèin. Bha sin a' ciallachadh nach biodh ceist ann mu chuideigin a' ceannach biadh do chuideigin eile. A bharrachd air cò bhiodh a' dèanamh na ceannach!

"An dèan sinn dìreach air meadhan a' bhaile?" dh'fheòraich e.

Thàinig stad tiotan air Megan mus tuirt i, "Carson nach dèan? Tha tòrr eile a' dèanamh air."

"Seo a bhios tu a' dèanamh mar as trice?"

"Uill, 's e," ars ise. "Chan eil an còrr ann mura fan thu san sgoil. Cha bhi duine anns na gàrraidhean ud thall ach cailleachan len coin."

"Cha dèan math dhomh guth a ràdh air cho tric 's a bhios mi fhèin is Calum ann," thuirt Darren ris fhèin. "'S às dèidh na sgoile?" dh'fhaighnich e.

Bha seo garbh. Nach robh còir aige a bhith ag ràdh cho snog 's a bha i a' coimhead, neo rudeigin mar sin. Ach bha e doirbh a ràdh gun robh aodach-sgoile cho àraid 'snog' air duine sam bith.

"Dannsa," thuirt i. "Lùth-chleasachd. *Ballet* an aon dannsa a tha mi a' dèanamh. B' àbhaist dhomh a bhith ri dannsa Gàidhealach cuideachd. Timcheall nan cruinnichidhean as t-samhradh. Geamannan 's mar sin. Sìos gu cruinneachadh mòr an Dùn Omhain. Ach dh'fhàs mi searbh dheth. Pìobaireachd is fèilidhean, eil fhios agad? Daoine le fraoch a' fàs às na cluasan. A' ruith timcheall nan cnoc às dèidh tagais leis na camain."

Rinn Darren gàire fann. Sa bhad, shaoil e gum b' e seo a chothrom. Rinn e lasgan mòr gàire, "Ha-ha-ha!" Sheall Megan gu neònach air.

"Bha siud cho math," thuirt e. "A' ruith às dèidh tagais! Ha-ha–ha. Tha thu cho èibhinn! Cas fhada is cas ghoirid!"

"Cò air?" arsa Megan.

"Dè?" thuirt Darren.

"Cas fhada is cas ghoirid?"

"Air tagais... eil fhios agad? Son 's gum bi e nas fhasa ruith timcheall nan cnoc."

B' i Megan a rinn gàire fann an turas seo. Ma bha i air an abhcaid seo a chluinntinn roimhe, bha e air a dhol seachad oirre.

"Is cuin a thòisich thu air lùth-chleasachd?" dh'fhaighnich e.

"Dìreach an dèidh dhomh sgur dhen dannsa Ghàidhealach," thuirt i. "Tha e fada nas fheàrr. Saoilidh mi gu bheil co-cheangal mòr eadar mar a tha thu a' gluasad ann am *ballet* 's ann an lùth-chleasachd." Chùm i oirre, a' bruidhinn mu cho-fharpaisean, is a màthair, is a caraidean. Bha Darren air sgur a dh'èisteachd. Cha b' ann mar seo a bha e am beachd a bhiodh e. Ach bha i snog gun teagamh, smaoinich e. Ged a bha a falt air a tharraing suas air cùl a cinn mar a bha e. Chan fhaiceadh tu na srianan bàna a bha troimhe, mar a bha e aice an-diugh. Bha a sùilean àraid. An robh iad gorm-liath? Beagan de dh'uaine annta?

126

"Carson a tha thu a' coimhead orm mar sin?" thuirt i.

"Ò," arsa Darren, "do shùilean. Tha iad ... brèagha." Am b' e seo am facal ceart, smaoinich e. An robh còir aige 'àlainn' a ràdh?

Dh'fhàs a h-aodann pinc is sheall i gu aon taobh. "Tapadh leat," thuirt i.

Theab Darren an èadhar a bhualadh le a dhòrn. Bha e air an rud ceart a ràdh mu dheireadh thall!

Cha tàinig e a-steach air, aig uair sam bith, nach robh Megan air sìon fhaighneachd mu dheidhinn-san.

# CAIBIDEIL 21

Bha Darren a' coimhead a-mach uinneag an rùm aige agus a' smaoineachadh. 'S e an Dùbhlachd a bh' ann mur-thràth. Cho luath 's a bha an dà theirm seo air a dhol seachad! Cha robh e ach mar phriobadh na sùla o bha e fhèin 's Calum nan suidhe sa chlas a' chiad latha, is a' ghrian ann an àird' an adhair. A-nise, bha solas an latha a' falbh mu thrì uairean. Bha na duilleagan air tuiteam is bha iad nan cuitheachan air na cabhsairean. Dh'fhosgail Darren an uinneag bìdeag. Chluinneadh e fuaim nan duilleagan is a' ghaoth gan sèideadh air ais 's air adhart.

Bha e fhathast gun an trèanadh a leigeil seachad. Chan e gun robh e sìon na b' fheàrr a thaobh sgilean, ach bha e na bu làidire na chorp. Cha robh e ga fhaireachdainn fhèin cho sgìth a-nis às dèidh poile trèanaidh. Air dòigh, bha e na leisgeul cuideachd Megan fhaicinn turas neo dhà a bharrachd gach seachdain. Bha e cho toilichte air an adhbhar sin nach do stad e aig toiseach a' ghnothaich. Agus bha e a' smaoineachadh gun robh e a' còrdadh ri Megan gum biodh e an sàs ann an rudeigin. Bu toigh leatha a bhith ag innse do dhaoine na bhiodh i fhèin 's a caraidean a' dèanamh. Bha e cudromach dhi gum biodh daoine a' faicinn na bha a' dol na beatha. Cho 'trang' 's a bha i.

"Ach carson a tha mi a' smaoineachadh mar seo?" thuirt Darren ris fhèin, is e a' tarraing nan cùirtearan. "Shaoileadh duine nach bu toigh leam Megan."

Bha fhios aige gun robh farmad aig mòran dhe na gillean san sgoil gun robh e a' dol timcheall – gu cafaidh, gu film, dhan bhaile – cuide ri tè cho snog. Cha robh e furasta eòlas a chur air cuid de nigheanan, smaoinich e. Bha e cho doirbh an toileachadh.

Bu toigh le Darren a bhith còmhla ri Alasdair cuideachd. Cha b' ionann esan is Calum ge-tà. 'S ann a bha ùidh Alasdair ann an ceòl, nigheanan agus naidheachd èibhinn an latha air an eadar-lìon.

Chuir na smuaintean seo an cuimhne Darren nach cual' e guth bho Mhegan o chionn latha neo dhà. Agus bha aige ri bruidhinn rithe mu rudeigin.

Bha e fhathast gun bhruidhinn rithe aig àm cadail. Am fòn a' sèirm gun a fhreagairt agus teachdaireachd air fhàgail. Chuir e teacs thuice agus chuir e às an solas.

An-ath-mhadainn, bha Darren fhathast gun ghuth fhaighinn. Chuir e am fòn-làimh aige air aon uair eile. Smaoinich e – cha b' ann air a' chiad uair – mar a bha e cho mòr na fhasan dha a-nis. Cha b' e gun robh e a' còrdadh ris, ach b' ann mar seo a bha Megan ag obrachadh. Bha e air trì teacsan a chur mu thràth, fear a-raoir agus a dhà tràth an-diugh, is cha robh i air gin aca a fhreagairt.

Bha fòn Megan a' seirm. Anns a' bhad, thàinig an guth. "Chan urrainn do Mhegan bruidhinn an-dràsta. Fàg teachdaireachd mas e do thoil e."

"Hi, a Mhegan," thuirt e. "Darren tha seo. An leig thu fios thugam? Tha mi airson bruidhinn riut. Tìoraidh."

Leig e osna. An robh an teachdaireachd ud ro obann? Robh còir aige faighneachd an robh i gu math? Am b' ann air an adhbhar sin nach robh na teacsan air am freagairt? Thog e am fòn a-rithist. Chuir e sìos e. Cha b' urrainn dha fònadh dìreach leth-mhionaid an dèidh dha an teachdaireachd fhàgail! Co-dhiù, bha am fios a dh'fhàg i fhèin gu math aithghearr. Cha robh fiù 's 'Tha Megan duilich' ann.

Bha i air a bhith eadar-dhealaichte cuideachd airson treis. Cha robh i fhèin 's e fhèin air a bhith a' coinneachadh cho tric. Dìreach nan dithis co-dhiù. Bha iad air film neo dhà fhaicinn. Ach an turas mu dheireadh, bha Alasdair air a bhith còmhla riutha. Agus Daisy is Emily. Mar bu trice, b' ann aig àm-dìnnearach na sgoile a bhiodh iad leotha fhèin. Cha robh am baile a' còrdadh ri Calum neo ri Bethan. Agus bhiodh na h-ìghnean eile a' fuireach timcheall na sgoile a' gearan an fhuachd. Neo eagal orra gun tigeadh fras a mhilleadh am falt.

Bha Megan air leisgeul a dhèanamh corra uair o chionn ghoirid. Neach-teagaisg a' mìneachadh rudeigin do dhaoine nach robh ga thuigsinn ceart. Feum a dhol dhan leabharlann a dheasachadh son deuchainn. Bha fhios gun robh sin fìor? Nach robh deuchainnean aige fhèin cuideachd?

Ach dè ma bha i air tachairt ri cuideigin eile? Fear de na caraidean aig Alasdair? Neo air an eadar-lìon? Agus air dòigh, shaoil e, dè ma bha seo air tachairt? Cuin a bha fhios agad gum b' i do leannan a bh' ann an nighean sam bith? Am feumadh tu aithris fhollaiseach a dhèanamh, 's dòcha ann an ceàrnag phoblach sa bhaile. ''S i leannan Darren Moireach a th' ann am Megan Chamshron'. Neo an dèanadh pòg bheag a' chùis? Neo am biodh fhios aig daoine nan cuireadh sibh cairtean Nollaig, 'Le dùrachd bho Mhegan is Darren'.

Ach cha robh seo gu feum sam bith, shaoil e. Ma bha e airson bruidhinn ri Megan, dh'fheumadh e coinneachadh rithe. Bha fhios aige gum biodh an clas lùth-chleasachd aice ullamh fichead mionaid às dèidh an trèanaidh aige fhèin. Nan dèanadh e cabhag, ghlacadh e i. Cha robh an dà àite fad' o chèile, agus bha an talla-spòrs far am biodh Megan a' dol mu dhà mhionaid on taigh aice.

Bha e dìreach ann an àm. Bha a' chiad fheadhainn a' nochdadh air a' chabhsair, nuair a ràinig e an talla-spòrs. Cha robh sgeul air duine ach nigheanan, bha e toilichte fhaicinn. An robh seo a' ciallachadh nach robh làd ùr aice? Ach ma bha, am biodh iad a' coinneachadh aig an àm seo co-dhiù?

Na sheasamh an sin leis fhèin, b' fheàrr le Darren gun robh e dìreach air dèanamh air an taigh. Feumaidh nach robh i gu math ceart gu leòr. Cha robh i ann. Bha e dìreach a' tionndadh gus falbh, nuair a nochd i fhèin is Emily. Mhothaich Emily dha is thuirt i rudeigin ri Megan. Shaoil e gun robh cabhag air Emily smèideadh ris fhèin agus dèanamh às.

"Hallò, a shrainnseir," thuirt Darren. "An do leugh thu na teacsan a chuir mi thugad idir?"

"Ò, a Dharren," ars ise, a' toirt pòg bheag, neònach dha leth-cheann. "Tha a h-uile rud air a bhith a' dol ceàrr! Bha dà dheuchainn agam an t-seachdain seo. Bha iad cho doirbh! Chan eil mi a' smaoineachadh gun d' fhuair mi tromhpa idir. Bha mi sa bhaile feasgar còmhla ri Emily. Bha mi troimh-a-chèile is thug i gu teòclaid mi. Cha b' urrainn dha màthair ar togail, is ghabh sinn am bus ceàrr a' tighinn dhachaigh. An àite cumail air a-mach an Rathad Mòr an Iar, thionndaidh e suas Rathad Achadh an Tobair. Dh'fhàg mi mo bhaga às mo dhèidh, 's tha am fòn agam air chall."

"Ò," thuirt e. "Chan eil sin cho dona. 'S e tha mi a' ciallachadh... bha eagal orm nach robh thu gu math."

"Uill, bidh mi ceart gu leòr ro àm na Nollaig!" thuirt i.

"Ah," thuirt Darren. Bha e airson tighinn chun a' chuspair a thug a-mach e. "Bha mi airson bruidhinn air a sin. Beagan ron Nollaig, co-dhiù."

Shaoil e gun robh Megan a' coimhead caran mì-chofhurtail. "Mmm?" thuirt i.

"Eil fhios agad an club, far am bi mi fhèin is Alasdair a' dèanamh trèanadh ball-coise?" thuirt e. Agus mus fhaigheadh i cothrom guth a ràdh, "Tha seòrsa de phartaidh, neo dannsa, neo rudeigin gu bhith aca aig deireadh an teirm. Uill, faodaidh sinn cuideigin a thoirt ann, agus... an tig thu ann còmhla rium?"

"Tha... tha rudeigin a' dol aig an sgoil againn an oidhche sin," thuirt i.

"Ciamar tha fhios agad dè an oidhche a th' ann?"

"Tha... Ò... bha Alasdair a' bruidhinn mu dheidhinn," thuirt i. "Tha sinn gu bhith uabhasach trang." Bha iad beagan shlatan bho thaigh Megan. Chitheadh e càr mòr a h-athar air an t-sràid. Feumaidh gun robh e dol a dh'àiteigin a-nochd fhathast.

Sheirm fòn-làimh. Chuir Darren a làmh air a phòcaid. Sheall Megan air. Cha robh dol-às aice. B' ann às a' bhaga aicese a bha am fuaim a' tighinn.

"Ooooh!" Rinn i seòrsa de sgiamh is bhreab i a cas gu crosta. "Bha mi a' dol a bhruidhinn riut. Bha mi a' dol a dh'innse dhut. Cha d' fhuair mi cothrom. 'S thàinig thu an seo 's bha agam ri rudeigin a ràdh!"

Cha robh Darren a' creidsinn na bha e a' cluinntinn. "'S e mo choire-sa a th' ann," thuirt e, "ge bith dè th' ann!"

"Chan e," thuirt i. "Chan e sin... chan eil sìon ann. Tha mi dìreach... troimh-a-chèile!"

"Uill, tha agus mise," thuirt Darren. "Bha thu a' dol a dh'innse rudeigin dhomh, thuirt thu. Dol a bhruidhinn rium. Ciamar a nì thu sin mur eil sìon ann?"

"Chan eil mi airson a bhith a' dol a-mach leat, mar a chanas mo mhàthair. A' falbh leat, mar a chanas mo sheanmhair. Bhiodh e math a bhith dìreach nar caraidean. Gun a bhith a' smaointinn air rudan mar gaol."

Cha robh fhios aig Darren dè chanadh e. Mu dheireadh, thuirt e dìreach, "Carson?"

"Chan eil fhios a'm. Chan eil e ceart!" Chrath i

a ceann. "Chan ann mar sin a tha mi a' ciallachadh! Chan eil sinn ceart còmhla. Tha sinn eadar-dhealaichte."

"Ciamar?" dh'fhaighnich Darren. Bha e mar gum biodh e gus comas bruidhne a chall.

"Dìreach nach eil," fhreagair Megan. Bha i mar gum biodh i a' call a foighidinn a-nis. Mar gum biodh i a' trod. "Seall oirnn! Tha ùidh againn ann an rudan gu tur eadar-dhealaichte. Bidh mise ri dannsa is ri lùth-chleasachd. Bidh thusa is Calum a' falbh a shreap bheanntan is a shiubhal chladaichean. Agus... agus... ag iomain! Thòisich sin le bhith a' roiligeadh ceann do nàmhaid air feadh a' bhaile! Chan eil e idir, idir *cool*!"

Dh'fhairich Darren mar gun tigeadh spreadhadh an àiteigin na bhroinn, is gun ruitheadh e suas gu cheann, coltach ri beinn-teine. Bha gliocas, is ciall, is òrdan, is smachd air teicheadh. Thog e a chaman gu chùl, is thàinig e a-nuas le uile neart air uinneag mhòr aghaidh an 4x4 aig athair Megan. Thòisich an dùdach air seinn. Thòisich clag eile a' seirm, a' toirt rabhadh gun robh cuideigin a' gabhail gnothach ris a' charbad. Bha Megan na seasamh, gu sàmhach, is a sùilean uimhir ri uaireadairean.

Sheas Darren tiotan, a' coimhead oirre, agus air a' chàr. Thionndaidh e is ruith e cho luath 's a ghabhadh, sìos a' bhruthach.

# CAIBIDEIL 22

Bha anail Dharren a' tighinn ann an ospagan pianail. Bha e fhathast na ruith, ach cha robh e cho luath. Am beagan mhionaidean, bha trotan aige. Mu dheireadh, bha e a' coiseachd, ach gu math luath. Bha e na fhallas, bha a bheul tioram, agus bha pian eadar amhach agus a sgamhan, mar gum biodh e air a bhith a' sluigeadh gainmheach. Bha a bhaga air a ghualainn, a chaman na làimh. Bha e air a bhith a' siubhal ùine a-nis, gun cheann-uidhe, gun smuaintean deimhinne sam bith na cheann. Thàinig e a-steach air gun robh e, gun fhios dha fhèin, a' dèanamh air a' choille. Rùraich e na bhaga son botal uisge, is dh'òl e deoch mhòr, fhada às.

Cha b' fhada gus an robh e air an rathad bheag, chumhang chun na pàirce agus chun na coille air an taobh thall. Mhothaich e do sholas mòr a' deàrrsadh air a chùlaibh. Thionndaidh e. A' ghealach! B' e seo an rud air an robh an tidsear saidheans a' bruidhinn. Rudeigin mun h-uile ochd bliadhna deug, agus mu iom-tharraing. Thuig Calum e, ach cha do thuig Darren srad dheth.

Bha i a' coimhead cho mòr, cho ìosal. Cho faisg! Sheas e, suas ri còig mionaidean, dìreach a' coimhead na gealaich. Bha e a' faireachdainn na bu reusanta, na bu shocraiche.

Ach cha do mhair seo fada. Thòisich inntinn Dharren a' siubhal air na thachair. Cha robh e feargach a-nis. Bha e cho sgìth! Ach aig an aon àm bha e luasganach, an-fhoiseil. Eagallach. Dè bha e a' dol a dhèanamh? Bha e air milleadh a dhèanamh. Mar sin, b' e eucorach a bh' ann. Bhiodh na poilis ga lorg. Dh'fheumadh iad a cheasnachadh. An glasadh iad aig an stèisean e fad na h-oidhche? Agus dè an uair sin? Dh'fheumaist na rinn e a chlàradh. Am biodh aige ri nochdadh air beulaibh Panal na Cloinne? Neo nochdadh gach latha aig an stèisean-poilis a b' fhaisge? Bhiodh e sna pàipearan-naidheachd gun teagamh. Cha bhiodh e air ainmeachadh, a thaobh aois. Ach bhiodh fhios aig a h-uile duine cò e, a dh'aindeoin sin – 'An gille ud aig Dòmhnall is Mòrag Mhoireach. Cò shaoileadh e?'

Bha seo uabhasach. Dè chanadh a mhàthair? Athair? Janie? Calum? Am feumadh taga a bhith air? Chitheadh a h-uile duine e aig cleasachd. Aig snàmh. Aig trèanadh. Chumadh seo an cuimhn' a h-uile duin' e.

Bha e anns a' phàirc a-nis. Cha robh an geata ga ghlasadh air an oidhche idir. Bha tòrr àiteachan far am faigheadh duine a-steach, ach cha robh geata air gin aca. Cha robh solais ann a bharrachd, ach bha a' ghealach cho soilleir nach mothaicheadh tu don seo a-nochd.

Chùm e air seachad air a' ghàrradh-cuimhne mhòr, far am biodh na ròsaichean a' fàs as t-samhradh. Mu dheireadh bha e anns a' choille. Sìos am frith- rathad; tarsainn rathad an ion-aid-mharcachd. Am beagan mhionaidean, bha e anns an lag far an robh an sruthan beag a' ruith. Bha am feasgar cho ciùin. Chluinneadh e torman an uillt is e fhathast pìos air falbh. Coltach ris fhèin, bha na preasan air fàs tro na bliadhnachan, ged nach robh mòran dhuilleagan orra aig an àm seo a bhliadhna. Liùg e a-staigh fo thè aca.

Bhiodh Calum agus Bethan fhathast a' toirt Heidi
a-mach uair neo dhà san t-seachdain às dèidh na
sgoile. Chuireadh i fàilte mhòr orra a h-uile h-uair
a ruigeadh iad. Bu toigh leatha nuair a shuidheadh
cuideigin anns an t-sèathar mhòr. Gheibheadh i
cothrom leum orra le a dà spòig-thoisich airson an
cluasan imlich. Dhèanadh i fuaim aig an aon àm,
coltach ri bhith a' seinn. Bheireadh seo gàire air
Calum. Agus ged nach robh e dèidheil air daoine a
bhith a' suathadh ann, bu toigh leis gu mòr Heidi a
bhith ga imlich.

Bhiodh Iseabail tric ga moladh, ach bha taobh
eile ri Heidi. B' e nàdar de reubaltach a bh' innte.
Nam faigheadh i cothrom, leumadh i gàrradh, neo
rachadh i a-mach air geata. Bu toigh leatha a bhith
a' siubhal. Bhiodh i cuideachd ri 'sùlaireachd', mar
a bh' aig Iseabail air. Dh'itheadh i corran bìdh de
sheòrsa sam bith. Agus bha Iseabail a' saoilsinn gun
itheadh i eadhon biadh grod. Uaireannan, bhiodh
fàileadh coltach ri biadh grod bho a h-anail nuair

a thilleadh i. Bhathas a' smaointinn gun robh beothamain neo rudeigin a dhìth na bodhaig, ach thuige seo, cha robh iad air dad fhaighinn.

Ged nach biodh Heidi a' siubhal tric, agus ged a bha e èibhinn air dòigh, bha e na dhragh do dh'Iseabail. Bha eagal oirre gun èireadh mì-shealbh do Heidi; gum buaileadh càr innte mura toireadh i an aire. Neo dh'fhaodadh dràibhear bualadh ann an càr eile agus e a' feuchainn ri Heidi a sheachnadh.

Am feasgar a chaidh Darren is Megan a-mach air a chèile, chaidh Bethan is Calum suas mar a b' àbhaist son Heidi a thoirt air chuairt. Ach bha i air dèanamh ri gorm o chionn uair a thìde.

Bha luchd-obrach air a bhith timcheall, agus cha do dhùin iad an geata ceart.

"Bidh e ceart gu leòr," thuirt Bethan ri Iseabail. "Gheibh sinne grèim oirre. Ma bhios suiteas againn, thig i."

"Tha mi 'n dòchas gun tig, a chagair," thuirt Iseabail. "Tha mi 'n dòchas nach eil i an dèidh tubaist adhbhrachadh. Tha am feasgar cho dorch a-nis agus na rathaidean cho trang."

"Dè 's fheàrr dhuinn a dhèanamh?" dh'fhaighnich Calum 's iad air an t-sràid.

"Fanaidh sinn còmhla, co-dhiù," fhreagair Bethan. "Ma ghabhas cuideigin taobh eile, bidh an triùir againn air chall – mi fhìn, 's tu fhèin is Heidi."

Cha tuirt Calum guth, ach bha coltas gu math draghail air. Rinn Bethan plana, gu math luath, na ceann. "Thèid sinn timcheall nan ceithir sràidean a tha seo, faisg air an taigh," ars ise. "Mur eil i seo, bidh i air dèanamh air a' phàirc, cuiridh mi an geall. Tha gu leòr sùlaireachd an sin dhi. Leis an t-sìde a bhith cho math, bhiodh an fheadainn bheaga a-muigh. Bidh greimeagan a' tuiteam bhuapasan air feadh an fheòir an-còmhnaidh."

Shiubhail iad timcheall a' chruinneachaidh bhig shràidean far an robh taigh Iseabail, ag èigheach, "Trobhad, Heidi! Tha suiteas againn. Càit a bheil thu? Heidi!"

Ach cha robh sgeul air a' chù.

"An tèid sinn dhan phàirc?" dh'fhaighnich Calum, is crith na ghuth.

"Thèid," fhreagair Bethan, agus lean iad orra. Cha robh mòran còmhraidh eatarra. Bha iad le chèile fo iomagain mu Heidi. Cha b' fhada gus an robh iad aig a' gheata mhòr, is taghadh aca dè an rathad a ghabhadh iad. "Nì sinn air an ionad-cluiche," thuirt Bethan, "far a bheil na dreallagan is eile."

Thòisich iad a-rithist, "Heidi! A bheil thu seo? Tha suiteas againn. Trobhad!"

"Shh," arsa Bethan. "Dè bha siud?"

Stad iad is dh'èist iad. Cha robh dad ri

chluinntinn, ach na càraichean air an rathad a-mach gu tuath, beagan is leth-mhìle air falbh.

"Heidi! Càit a bheil thu? Trobhad is faigh suiteas!"

"Shh!" Stad iad le chèile an turas seo. Siud e a-rithist. Gliong beag. Sporghail am measg nan craobhan. Cuideigin a' ruith thuca air ceithir chasan.

"Heidi!" dh'èigh iad còmhla. "Càit an robh thu? Tha dragh air Iseabail mu do dheidhinn. Chan fhaod thu a bhith a' falbh mar sin!" thuirt Bethan.

Leum Heidi timcheall air an dithis aca, a' dèanamh an fhuaim mar gum biodh i a' seinn, an clag beag mu a h-amhaich a' gliongarsaich. Shnòdaich i timcheall am pòcaidean. Bha i air am facal 'suiteas' a chluinntinn.

"Heidi! Droch nighean a th' annad," thuirt Bethan. "Bha dragh oirnn. Cha bu chòir dhuinn suiteas a thoirt dhut."

"Ach feumaidh sinn a thoirt dhi," thuirt Calum. "Thuirt sinn rithe gun robh e againn."

"Tha fhios a'm," thuirt Bethan. "Seo, Heidi." Ghlob Heidi a' chriomag bheag fhad 's a bha Bethan a' cur na h-èill oirre. "Cha robh mi ach ri spòrs. Ceart, Heidi. An tèid sinn dhachaigh?"

Sheall Calum air uaireadair. "Tha sinn air a bhith a-muigh còrr is uair a thìde," thuirt e. "'S fheàrr dhuinn do thoirt dhachaigh," is e a' clapran druim Heidi.

Air an fhacal, sheirm fòn-làimh Bethan. "Do mhamaidh a bhios an seo," thuirt i ri Heidi.

Ach b' i màthair Chaluim a bh' ann. "A bheil sibh fhathast a-muigh leis a' chù?" dh'fhaighnich i.

Dh'inns Bethan mar a thachair. Chuir Alison an ath cheist. "A bheil Darren còmhla ribh?"

Bha an teaghlach air iongnadh a ghabhail nuair nach do nochd Darren. Shaoil iad gun deach a chumail a' cur air falbh uidheaman neo a leithid. Ach nuair a chaidh uair a thìde agus dà uair seachad, dh'fhàs iad iomagaineach. Gu h-àraidh nuair nach robh e a' freagairt fòn. Bha fhios aig Janie gun robh e am beachd coinneachadh ri Megan, ach cha robh seòladh neo àireamh fòn aice dhi. Mu dheireadh, chuir iad fòn gu taigh Chaluim.

Dh'inns Bethan do Chalum mar a thachair fhad 's a bha iad a' coiseachd. "Tha fhios agamsa air seòladh Megan," thuirt Calum. "Seachd Àird na Bruthaich," agus dh'inns e àireamh a' fòn cuideachd.

"Ciamar a tha fhios agad air a sin?" dh'fhaighnich Bethan.

Chrath Calum a ghuaillean. "Dh'inns Darren dhomh," thuirt e.

"'S tha cuimhn'..." thòisich Bethan. "'S math sin," thuirt i. "'S dòcha gum faigh sinn a-mach càit

a bheil e." Chuir i fòn gu màthair Chaluim fhad
's a bha iad a' coiseachd.

"Cha deach Darren dhachaigh, ma-thà?"
dh'fhaighnich Calum.

"Cha deach," fhreagair Bethan. "Bha e aig
trèanadh 's an uair sin còmhla ri Megan. Bha iad
an dòchas gun robh e còmhla rinne."

"Feumaidh sinn a lorg," thuirt Calum.

Rinn Bethan gàire beag is thug i putag dha.
"Cha leig sinn a leas sin a dhèanamh," thuirt i.
"Bidh e fhèin 's Megan ag òl còc an àiteigin."

Bha Calum sàmhach greiseag eile. Mu dheireadh
thuirt e, "Chan eil Megan laghach idir."

"Mmm," thuirt Bethan. Shaoil i gun toireadh
fuaim brosnachail, mar gum bitheadh, air tuilleadh
a ràdh mun chuspair.

"Chan eil i... ceart... dòigheil." Bha e mar gum
biodh e a' lorg facal a fhreagradh.

Cha tuirt Bethan guth. Chùm iad a' coiseachd
le chèile. "Chan eil i coltach riutsa," thuirt Calum
mu dheireadh.

"Chan eil," thuirt Bethan, gu dìreach.

Cha robh i airson ceist a chur na guth.

"Chan eil," arsa Calum, agus an ceann greis.
"Chan eil i coltach ri Janie, neo ri Mòrag, neo ri
mo mhàthair." Rinn Calum liosta, gu math fada, de

nigheanan is de bhoireannaich air an robh e eòlach, agus ris nach robh Megan coltach. Co-oghaichean, peathraichean athar, luchd-teagaisg, feadhainn bho choinneamh nan con.

"Chan eil i coibhneil," thuirt e mu dheireadh. Stad e air an fhrith-rathad is choimhead e dìreach air Bethan, ri solais na sràide. "Tha thusa coibhneil," thuirt e. "Tha thusa laghach. Is toigh leam thusa."

"Ah, a Chaluim," thuirt Bethan, le gàire beag toilichte, "tha sin snog. Agus is toigh leamsa thusa." Agus mus d' fhuair i stad a chur oirre fhèin, thug i pòg bheag dha air a leth-cheann.

Dh'fhàs Calum beagan dearg san aghaidh, is chuir e a làmh suas gu a leth-cheann. Ach bha seòrsa de ghàire beag air aodann cuideachd. Ghlac e làmh Bethan, beagan clobhdach. Lean iad fhèin is Heidi orra gu taigh Iseabail.

Fhad 's a bha iad ag innse do dh'Iseabail mu Heidi, sheirm fòn Bethan a-rithist. Dh'innis Alison dhi mar a thachair do Dharren, agus nach robh sgeul air a-nis. Dh'iarr i bruidhinn ri Calum. Cha tuirt e mòran. Cha chuala Iseabail is Bethan ach, "Tha... 's dòcha... anns a' phàirc... Innsidh... Ceart. Tìoraidh." Shìn e am fòn air ais gu Bethan is thuirt e, "Feumaidh sinn Darren a lorg."

Cha tug Bethan fada air an sgeul air fad innse do dh'Iseabail. "'S fheàrr dhuinn falbh, a Bhethan," thuirt Calum. "Tha Darren air chall."

Bha Iseabail na suidhe anns an t-sèathar àbhaisteach, Heidi na sìneadh air an ruga aig a casan. "Càit an tèid sibh?" dh'fhaighnich i. "Bheil fhios aig duine dè an rathad a ghabh e?"

"Tillidh sinn dhan phàirc," thuirt Calum.

Bha Bethan is Iseabail sàmhach greis. Thuirt Iseabail, "A bheil thu a' smaoineachadh gur ann an sin a bhitheas e?"

"Tha," thuirt Calum.

Mhothaich Iseabail nach tuirt Bethan guth. Bha a ceann sìos beagan, mar gum biodh i ag èisteachd gu mionaideach. "Dè do bheachd, a Bhethan?" dh'fhaighnich i.

Chrath Bethan a guaillean. "Tha e cho math," thuirt i. "Bidh càch uile feadh nan sràidean eadar taigh Megan is taigh Darren." Agus ri Calum, "Innsidh sinn dha do mhàthair gu bheil sinn a' dol ann."

"Cha leig thu leas," fhreagair e. "Dh'inns mi dhi mu thràth air a' fòn."

Dh'èirich Heidi na suidhe, nuair a mhothaich i do dhaoine a' gluasad. "Feumaidh sinn falbh," thuirt Calum rithe.

"Nach toir sibh leibh i?" thuirt Iseabail. "Cha robh i a-muigh ag obair agam an-diugh. Tha i air norrag a ghabhail às dèidh a' ghrèim a thug mi dhi.

147

A bharrachd air na bh' aice aig pàirc na cloinne! Cumaidh i a' dol ùine mhòr fhathast."

Leum Heidi gu a casan nuair a chunnaic i iall ga toirt a-mach. "Chan fhairich thusa sgìths!" thuirt Iseabail rithe. "Seo 'suiteas' dhi, agus grèim beag dhuibh fhèin cuideachd," a' toirt ubhal is briosgaid an duine dhaibh.

Bha Calum a' coiseachd gu math luath, a' dèanamh air a' phàirc. Shaoil Bethan gun robh Heidi ceart gu leòr air a ceithir chasan, ach bha trotan aice fhèin, a' cumail suas riutha. Nuair a ràinig iad an geata mòr, chùm Calum air gu deas, an àite a dhol gu pàirc na cloinne bige, mar a rinn iad roimhe.

"Fuirich! Stad! Tha pian nam chliathaich!" thuirt Bethan mu dheireadh. Bha i air tuiteam pìos air deireadh.

Thionndaidh Calum. "Tha mi duilich," thuirt e. "Tha mi a' dol ro luath."

"Beagan," thuirt Bethan, a' suidhe air being faisg air ceann an fhrith-rathaid a ghabh Darren o chionn dà uair a thìde. Bha a h-anail na h-uchd, agus anail Chaluim fhèin a' tighinn gu math luath. Shaoil Bethan gun robh rudeigin fa-near dha. Ghabh i an cothrom 's i na suidhe.

"Càit a bheil sinn a' dol?"

"Tha àite shìos an seo," thuirt Calum. "Tha abhainn – uill, sruthan beag – a' ruith tro lag am measg nan craobhan. Bhiodh sinn a' cluich ann, mi fhèin is Darren, nuair a bha sinn beag. Bidh e an sin. 'S dòcha."

Cha tuirt Bethan guth, ach cha robh i ro chinnteach. Thionndaidh i a h-aire gu Heidi, na suidhe ri taobh, air an fheur. "An lorg thusa Darren?" thuirt i rithe. "Darren? Cuimhn' agad air Darren?"

Dh'imlich Heidi mu a beul is ghluais i bìdeag na b' fhaisg' air Bethan, a' crathadh a h-earbaill. Chuir i car na ceann.

"Tha i glic, nach eil?" thuirt Bethan.

"Tha," thuirt Calum, gu sòlaimte. "Tòrr nas glice na feadhainn a th' air a' chlas againn."

Chòrd seo ri Bethan. Rinn i gàire cridheil. "Bha siud èibhinn?" thuirt Calum, gu mì-chinnteach.

"Uill, bha!" thuirt Bethan, 's fios aice nach obraicheadh mìneachadh sam bith a dhèanadh i.

Ri solas na gealaich, bha seòrsa de ghàire a' cluich air aghaidh Chaluim cuideachd. "Ceart," thuirt e gu socair. Lean iad uile orra sìos am frith-rathad. Sìos leathad beag am measg nan craobhan-giuthais.

"Stad," thuirt Bethan. "Èist." Chluinneadh iad fuaim an t-sruthain pìos romhpa.

Bha Heidi a' snòdach timcheall. Gu h-obann, ruith i air thoiseach orra is chaidh i à sealladh.

"Heidi!" dh'èigh iad le chèile. "Heidi! Trobhad!" Cha do thill Heidi. Cha chluinneadh iad ach an clag beag mu h-amhaich, pìos math sìos am frith-rathad.

"Ò chiall!" thuirt Bethan. "Chan eil fhios càit an tèid i an turas seo. Às dèidh fèidh, neo rudeigin."

Cha tuirt Calum guth. Rinn e cabhag às dèidh Heidi.

Ann am beagan ùine, chuala iad i a' leum 's a' rùrachd am measg nam preasan. Thòisich i air bìgeil. An uair sin, chuala iad am fuaim ud. 'An t-seinn', mar a chanadh Iseabail. Bha i a' cur fàilt' air cuideigin.

Cha robh fhios aig Darren dè cho fad 's a dh'fhan e na chrùban fo na preasan, inntinn troimh-a-chèile agus eagal uabhasach air. Bha a smuaintean mar gum biodh a' dol timcheall ann an cearcall, neo ann an lùb. Megan. An fhearg. An càr. A' teicheadh. Na poilis. Panal na cloinne. Am prìosan. Oir b' e sin a bhiodh ann. Dh'fhaodadh iad ainm sam bith a thoirt air. Ionad glaiste, àite-ceartachaidh is eile. Nàire. E fhèin. A phàrantan. Janie. A chàirdean. A chuideachd.

Dh'fhàs e mì-chofhurtail na chrùban is b' fheudar dha suidhe. Is ged a thug seo beagan faochaidh do chorp, cha robh fuasgladh sam bith do inntinn. Na h-aon smuaintean. Timcheall is timcheall.

Gu h-obann, sheirm am fòn-làimh aige. Janie! Cha robh e airson bruidhinn ri duine. Thug e a' fon às a phòcaid gu cearbach, is thionndaidh e dheth e. Bha e mar gum biodh a chridhe a' bualadh na cheann agus na chluasan. Anail ghoirid mar gum biodh e air rèis fhada a ruith.

Mu dheireadh, bha e mar gun tigeadh neul air. Dh'fhan e na shuidhe ùine mhòr, gun ghluasad, gun ghuth.

B' ann mar seo a bha Darren nuair a ràinig Heidi e. Cha robh fhios aige cò dha a mhothaich e an toiseach, an clag beag aig Heidi, neo an sporghail a bha i a' dèanamh. Ach mus d' fhuair e cothrom anail a ghlacadh, bha i ag imlich amhach 's a chluasan, 's a' seinn.

"Heidi!" thuirt e. "Dè tha thusa a' dèanamh an seo?"

Cha robh inntinn ag obrachadh ceart. Cha b' urrainn dha a bhith cinnteach nach b' ann ag aisling a bha e. Ach bha Heidi an sin gun teagamh. Chuimhnich e gum biodh i a' siubhal. "Thalla dhachaigh!" thuirt e. "Thalla dhachaigh, Heidi. Gu do mhamaidh."

Thionndaidh Heidi agus ruith i air ais far an robh Calum is Bethan. "Cò th' ann, Heidi?" dh'fhaighnich Calum. "An e Darren a th' ann? An e?"

Bha i a' ruith gu toilichte am beagan shlatan eadar iad fhèin 's na preasan far an robh Darren. "A Dharren?" thuirt Calum air a shocair, agus a-rithist. "A Dharren? A bheil thu sin?"

Bha fuaim ann an cluasan Dharren coltach ri trèan a' tighinn a-mach à tunail. Gu dè air an t-saoghal a bha Calum a' dèanamh an seo? Chual' e guth boireann cuideachd. Leum a chridhe, ach cha b' ann le toileachas. Cha b' i Janie...? Nochd aodann tro na preasan. Chual' e Bethan ag ràdh, "'S tu th' ann! A Chaluim, tha e seo! Tha Darren an seo. Bha thu ceart. Agus 's tusa a fhuair e! Nighean laghach, Heidi! Nighean chliobhar!"

Bha Heidi a' leum timcheall gu toilichte. Dh'èirich Darren a-mach à àite-falaich, a' togail a chamain agus a bhaga leis. "Dè tha sibh a' dèanamh a-muigh an seo?" dh'fhaighnich e.

Sheall Bethan air Calum. Thuirt i, "Tha daoine a' coimhead air do shon, a Dharren. Bha dragh oirnn." Agus a' suathadh na ghàirdean, "Tha fhios againn mar a thachair."

Cha tuirt Darren ach, "Ò." Bha e a' faireachdainn eadar-dhealaichte. Mar gum b' e euslainteach a bh' ann, agus gun robh an dithis eile air tighinn a choimhead às a dhèidh. Bha e sgìth. Gun ghuth, thòisich iad air dèanamh dhachaigh.

"Tha mi toilichte gun do lorg sinn thu, a Dharren," thuirt Calum. "Bha fhios agam gum biodh tu seo. Tha cuimhn' agam o bha sinn beag. Cho math 's a bha e son a bhith a' falach. Bha fhios a'm gum biodh tu ann. Dìreach mar a bha fhios a'm an latha ud, gum biodh tu ann. An latha a bha mi airson bruidhinn mu Seòna. Bidh a h-uile sìon ceart gu leòr. Nuair a ruigeas sinn dhachaigh..."

Stad Calum. Bha rudeigin nach robh ceart. Cha b' e dìreach nach robh duine ga fhreagairt. Rudeigin mu dheidhinn Darren.

Bha Darren... a' rànaich.

Cha robh e a' dèanamh fuaim caoinidh mar leanabh beag idir, ach ag alagraich. Anail air a glacadh an àiteigin na bhroilleach, is na deòir sìos air a ghruaidhean. Cha robh sgeul air nèapraigin. Shuath e a leth-cheann le muilchinn a sheacaid.

"Chaidh thu fhèin is Megan a-mach air a chèile," thuirt Calum. "Tha mi duilich."

Dh'fhàg seo Darren na bu mhiosa buileach. "Chan e sin a th' ann," thuirt e. "Uill, chan eil e math gun do thachair e. Ach chan eil mis' air a bhith nam charaid math idir, an ceartuair. Tha thusa agus Bethan tòrr nas fheàrr, a' cuideachadh dhaoine. Ga mo chuideachadh-sa."

Cha robh Calum a' tuigsinn. An robh a charaid mì-thoilichte a chionn 's gun tuirt e gun robh fhios aige far am bitheadh e? An robh e ag ràdh nach b' e a charaid a bh' ann tuilleadh? Mhothaich e gun robh Bethan i fhèin caran mì-chinnteach. Bha Darren an dèidh seasamh airson anail a tharraing. Thòisich Bethan air a ghualainn a chlapranaich, 's i a' dèanamh fuaim beag, socair, coltach ri 'Sh-sh'. Thog Calum a làmh gu teagmhach, agus rinn e an aon rud air a' ghualainn eile.

Cha robh fhios aig Darren carson, ach am meadhan nan deur 's an alagraich, thòisich e air gàireachdainn. Bha nàir' air gum b' e bu choireach Calum is Bethan a bhith troimh-a-chèile. Ach aig an aon àm, shaoileadh duine gan coimhead gun robh dol a-mach gu math neònach aig an triùir aca.

Cha robh a' bheing fad air falbh. Shuidh iad, is shuath Darren aodann le searbhadair a bha na bhaga. Chuimhnich Bethan nach do leig i fios gu màthair Chaluim neo gu Iseabail. Thuirt Alison gun tigeadh cuideigin nan coinneamh le càr nan dèanadh iad an slighe gu crìochan na pàirce.

Bha coltas draghail air Calum fhathast. "Chan eil cùisean ro mhath," thuirt e.

"Bidh iad nas fheàrr, ge-tà," thuirt Darren. "Tha mi duilich gun do chuir mi troimh-a-chèile sibh. Mo choire-sa a th' ann gu bheil sinn mar seo. Tha mi uaireannan cas, feargach. Feumaidh mi sgur dheth. Chan urrainn dhomh a bhith a' sadadh is a' briseadh rudan mar gun robh mi trì bliadhna a dh'aois. Agus ma tha faireachdainn làidir agam nach eil mi a' tuigsinn, chan eil math dhomh eagal a chur air daoine!

"'S e tha mi a' feuchainn ri ràdh," thuirt e, "gu bheil mi cho toilichte, agus cho fortanach, dithis charaidean cho math a bhith agam. Duilich; triùir charaidean," a' tachas Heidi fo a smiogad. "Thàinig sibh a-mach gam shireadh air oidhche gheamhraidh. Fios agaibh cuideachd na rinn mi mus do theich mi. Agus cha robh guth agamsa ach orm fhèin. Tha mi a' smaoineachadh gur e sin bu choireach gun robh mi... uill... eil fhios agaibh... an ceartuair..."

Stad e greiseag. "Cha leig sinn a leas iomradh a thoirt air a sin ri duine, an leig?"

"Ò, cha leig," thuirt Bethan sa mhionaid. Ach bha Calum fhathast mì-chinnteach, draghail.

"Cha chan sinn ri càch... gun robh mi a' rànaich," thuirt Darren, na facail mu dheireadh a' tighinn a-mach le ruaiseadh.

Sheall Calum air. "Cha chan," thuirt e. "Tha e seachad. Feumaidh sinn falbh dhachaigh."

"Feumaidh gu dearbh," thuirt Darren, ag èirigh. Ghlac e Bethan thuige, is chlapranaich e a druim. Bha e gus an aon rud a dhèanamh air Calum ach chuir rudeigin stad air. Shìn e a-mach a làmh. "Tapadh leat, mo dheagh charaid," thuirt e, a' crathadh làmh Chaluim.

"'S e do bheatha gun teagamh, mo dheagh charaid," fhreagair Calum, gu sòlaimte. Dh'fhalbh an coltas draghail. Bha seòrsa de ghàire beag fiarach air aghaidh 's e a' coiseachd suas am frith-rathad.

Mhothaich Darren gum b' e athair a bha a' feitheamh
orra aig crìochan na pàirce. Thug iad Heidi gu taigh
Iseabail an toiseach. An uair sin, chuir iad Bethan
agus Calum dhachaigh. Ach bha fhios aig Darren,
a dh'aindeoin cho fad 's a bheireadh e, aig a' cheann
thall, gum biodh e fhèin is athair leotha fhèin anns
a' chàr.

Cha tuirt athair is màthair Chaluim mòran.
Dìreach, "Tapadh leibh. Bidh sinn gur faicinn."
A' smèideadh ri Darren. Cha robh coltas diombach
sam bith orra gun do chùm e Calum a-mach cho
anmoch.

"Ho-ri, ho-ro, na boireannaich," thuirt athair ris,
's iad a' tionndadh a-mach à sràid Chaluim, "thug
sonas bho gach creutair! Dè, a bhalaich?"

Cha b' urrainn Darren a chreidsinn. An àite a
bhith a' trod! "Dad!" thuirt e. "Chan e adhbhar
gàire a th' ann. Bheil fhios agaibh gun do rinn mi
milleadh air cuid dhaoin' eile? Ma nì athair Megan
casaid ris na poilis, cuiridh iad air falbh mi. Ma tha

e air a dhèanamh mu thràth, bidh iad a' feitheamh oirnn nuair a ruigeas sinn an taigh."

"Tha fhios a'm, a bhalaich," fhreagair athair. "Cha chreid mi gun cuir iad air falbh thu, ach bidh a' bhuil ort, ma nì iad sin. Chan eil mi fhèin neo do mhàthair ga shaoilsinn èibhinn. Ach tha fhios againn, ge b' e air bith a rinn thu, nach fheuch thu ri dhìon. Gun inns thu dhuinn mar a thachair. An fhìrinn. Cha bhi sinn moiteil às na rinn thu a-nochd. Tha fhios againn gun do rinn thu an rud ceàrr. Ach mas urrainn dhuinn taic sam bith a thoirt dhut, an rud ceàrr a chur ceart, nì sinn sin. Cha dèanadh e feum sam bith dhòmhsa, neo dhutsa, leum ort an-dràsta son do cheusadh. Tha sinn taingeil nach do dh'èirich sìon dhut, 's gu bheil thu a' tighinn dhachaigh."

Dh'fhairich Darren an rud neònach ud na amhaich agus air cùl a shùilean a-rithist. "Ò, na can rium!" ars esan ris fhèin, "gu bheil mi a' dol a dhèanamh gloidhc dhìom fhèin air beulaibh Dad a-nise. Dà thuras san aon oidhche." Dh'fheuch e ri smaoineachadh mu rudan sàraichte – Laghan an Arbhair, a' togail preasa bho Ikea. Mu dheireadh, thuirt e ann an guth cho ìosal 's gur mòr gun cluinneadh e fhèin e, "Tapadh leibh, Dad."

Bha iad aig an taigh.

"Seo a-nis, a ghaoil," thuirt a mhàthair, dìreach

a' suathadh ann, nuair a chunnaic i a choltas.

Leum Janie a-null far an robh e. "Dhùraiginn do thacadh!" dh'èigh i, ga ghlacadh cho teann 's gun tug i anail bhuaithe. Is i ga phògadh aig an aon àm.

"Hoigh, hoigh! Leig às mi," arsa Darren. "Tha thu air sin a dhèanamh."

Leig Janie às e. A' chiad uair o thàinig cuimhne gu Darren, cha robh facal aice. Rinn i drèin agus chrath i a corp air fad. "Aaaargh!" dh'èigh i. Dh'fhalbh i dhan chidsin a dhèanamh tì.

"Tha e a' fàs anmoch," thuirt am màthair. "Tha an uair againn a bhith san leabaidh. Inns dhuinn dè thachair, agus nì sinn na dh'fheumas sinn a-màireach."

Thòisich Darren air innse cho neònach 's a bha Megan. Mar a dh'fhàs i cho crosta nuair a sheirm a' fòn aice. Mar gum be a choire-san a bh' ann. Bha e dìreach ag innse mar a thuirt i nach bu chòir dhaibh a bhith a' smaointinn air gaol, nuair a nochd Janie leis an tì.

"Gaol!" ars ise. "I siud? Gaol? Chan eil gaol aicese air duin' ach oirre fhèin. Huh!" Agus bhuail i sìos na briosgaidean, mar gum b' e am puinnsean a bh' annta.

Thòisich Darren air faireachdainn beagan na b' fheàrr. Bha Janie air a guth a lorg. Bhiodh a h-uile sìon ceart gu leòr!

# CAIBIDEIL 27

Cha bhiodh sgoil ann gus an tigeadh a' bhliadhn'
ùr. Ach bha fhios aig Darren gun robh cnap-starra
fhathast roimhe. Bha athair air a bhith a' bruidhinn
ri màthair Megan air a' fòn. Thuirt iad nach do chuir
iad fios air na poilis. Bha Dòmhnall am beachd
tadhal orra feasgar. Dh'fheumadh iad pàigheadh
airson sgàil ùr a chur ris a' chàr.

Cha robh sgeul air Megan neo air Alasdair nuair
a ràinig iad taigh nan Camshronach. Chaidh iad
uile a-steach dhan rùm-aghaidh. Bha Darren na
b' eòlaiche air a' chidsin, far am biodh e fhèin is
Alasdair ri fealla-dhà. Bhiodh e eadar-dhealaichte is
Megan ann. A h-uile rud mu deidhinn-se. B' e seo
dìreach an dàrna turas a choinnich Darren ri athair
Megan. Chuidich e an da chàraid aithne a chur air
a chèile.

"'S math coinneachadh ribh," thuirt màthair
Megan, "ged a bhruidhinn sinn air a' fòn." Chaidh
i beagan na cabhaig, 's i a' saoilsinn nach robh e

160

iomchaidh bruidhinn air a seo. "Gabhaidh sibh cupan?" thuirt i gu luath.

Thuirt màthair Darren gun do ghabh iad biadh mus do dh'fhàg iad an taigh, is gun robh iad taghta.

Ghabh Darren an cothrom. "Tha mi airson a ràdh," thuirt e, "cho duilich 's a tha mi mun mhilleadh a rinn mi air a' chàr agaibh. Chan eil leisgeul air a shon. Bha e uabhasach math dhuibh cuideachd nach tug sibh na poilis a-steach. Chan eil mòran a bhiodh cho fialaidh."

"Cha bhiodh e na chuideachadh do dhuine sam bith, fios a chur air na poilis," thuirt A' Bh-ph Chamshron. "Fhuair mi mach bho Mhegan mar a thachair. Chan ann a' beagachadh air na thuirt thu a tha mi idir. Tha thu glè cheart. Cha robh còir agad an uinneag a bhristeadh. Ach bhithinn fhèin air mo leamhachadh le cuideigin nach canadh gu h-onarach mar a bha iad a' faireachdainn agus dè bha nan inntinn."

Ghluais Darren gu mì-chofhurtail air an t-sòfa. Bha fhios aige gun do dh'fhàs aodann dearg. Bha e air a nàrachadh gun robh Megan ga càineadh is e fhèin, air dòigh, ga mholadh.

"Seadh, ma-thà," thuirt athair, a' tionndadh aire dhaoine. "Cnag na cùise. Tha sibh air innse na chosg e an sgàile a chàradh. Tha seic agam an seo.

Air a dhèanamh a-mach dhuibh fhèin. Ma bhios ceist aig a' chompanaidh àrachais, dìreach cuiribh fios thugam."

"Tapadh leibhse gu dearbh," arsa Mgr Camshron. Agus ri Darren, "Tha tòrr uairean a thìde de dh'obair gàrraidh is glanadh chàraichean an seo."

"Tha," thuirt Darren, le gàire lag.

Sheall athair air. "Siuthad," ars esan. "Cà'il do theanga? Inns dha na thuirt thu riumsa."

Na cheann, thuirt Darren, "Dad! Sguiribh! Istibh! Tha mi ag iarraidh falbh dhachaigh."

Ach, bhruidhinn e a mach 's thuirt e, "Uill, b' àbhaist dhomh a bhith a' dol timcheall a' lìbhrigeadh phàipearan-naidheachd. Sguir mi dheth 's na deuchainnean ann, ach tòisichidh mi a-rithist. Agus gheall manaidsear na bùtha shuas air a' chòrnair obair dhomh. Feadh saor-laithean na sgoile. Bidh luchd-obrach air saor-làithean tron t-samhradh. Bidh e feumail dhaibh cuideigin a bhith aca a lìonas na sgeilpichean is a thogas stuth a-steach às na làraidhean. Bheir e ùine. Tha tòrr airgid an sin. Ach pàighidh mi air ais e."

"Shin thu fhèin!" thuirt Mgr Camshron. "Tha sinn feumach air do sheòrsa sa chompanaidh agamsa."

Dh'adhbhraich sin còmhradh mu obair eadar an dithis athraichean. Thachair e gun robh iad le

chèile eòlach air corra dhuine air feadh obraichean
sa bhaile.

Ghabh A' Bh-ph Chamshron an cothrom facal
fhaighinn air a mhàthair. "Deagh bhalach a th'
agad an sin," thuirt i fo h-anail. "Faodaidh tu a
bhith moiteil às. 'S mise a th' air an t-aithreachas
a ghabhail. Tha an tè againn' air a milleadh. Agus
mo choire mhòr fhèin a th' ann. Tha atharrachadh
gu bhith ann ge-tà. Fhad 's nach do dh'fhàg sinn
tuilleadh is fada e."

Nuair a bha iad a' falbh, thuirt màthair Megan,
"Tha mi 'n dòchas nach dèan seo diofar dhan
chàirdeas a th' eadar thu fhèin is Alasdair. 'S toigh
leis a bhith còmhla riut."

"Bha sinn a' bruidhinn air coinneachadh às
dèidh na Nollaig," thuirt Darren, "an cafaidh neo
an àiteigin."

## CAIBIDEIL 28

Bha an Nollaig air a bhith gu math fliuch. Blàth, ceòthach – annasach aig an àm sin dhen bhliadhna – às a dhèidh. Ach dìreach ron a' Bhliadhn' Ùir, às dèidh do sheanair is seanmhair Darren falbh dhachaigh, thàinig atharrachadh. Fuachd is gailleann bhon ear-thuath. Bha tòrr sneachd' air laighe. Chuir Darren latha neo dha seachad aig taigh Chaluim. A' cluich tàileisg, a' coimhead phrògraman fiadh-bheatha air an telebhisean agus a' lorg fiosrachaidh mun chruinne-cè air an eadar-lìon.

Bha dùil aig Calum ri cù ùr às dèidh na Bliadhn' Ùire. Bha an cuilean mu dheireadh a bh' aig Ealasaid is Daibhidh gealtach is diùid nuair a bha e ag obair mar chù-iùil. Bha e a' lorg dachaigh. Ghabh Calum truas ris. Bha leabaidh ùr gu bhith aig a' chuilean, shìos an staidhre. Chumadh Calum a' bhasgaid aig Seòna anns an rùm aige fhèin.

Shaoil Darren gun robh e air tòrr ionnsachadh bho Chalum anns na mìosan a chaidh seachad.

Mu bhith beò agus a' cur seachad beatha. Cha robh feum sam bith a bhith a' dol thairis air rud a thachair, mura biodh tu ag ionnsachadh rud às. B' ann ainneamh a bhiodh Calum a' càineadh, neo a' toirt breith. Bha fhios aig Darren gun robh mòran a' saoilsinn gun robh Calum leanabail, sìmplidh na dhòighean. Ach bha Darren fhèin ga fhaicinn glic, mar inbheach airson aois. Agus chan innseadh e breug. B' e an fhìrinn a bhiodh aige. Agus bha e fhèin, Darren, a' dol a dh'innse na fìrinn.

Chuir e roimhe innse dha athair nach robh an dian-obair a thaobh spòrs a' còrdadh ris.

Thàinig an cothrom air an dara latha den Fhaoilleach. Latha soilleir, grianach is reothadh cruaidh ann. Bha Janie a' rùrachd am measg notaichean Oilthigh anns an rùm aice. A' cur dhealbhan is naidheachdan gu a bana-charaidean air an eadar-lìon. Bha am màthair gu math sgìth an dèidh ceala-deug de fhrithealadh is de chòcaireachd is eile. Bha i fhèin is Vlad a' gabhail norrag air an t-sòfa. Bha seann film air an TV mu Chogadh Catharra Ameireaga, ach cha robh duine seach duine aca ga shealltainn.

"Seall, a bhalaich," thuirt athair fo anail, gun duine a dhùsgadh, 's ag aomadh a chinn taobh na h-uinneig. "Deagh latha sgrìob."

Air an socair, chuir iad umpa brògan làidir,

seacaidean, miotagan is bonaidean. Bha pàirc bheag, gàrraidhean a b' àbhaist a bhith aig taigh mòr a bh' ann o chionn fada – pìos shuas air cùl far an robh iad a' fuireach. Chuir iad romhpa coiseachd suas. Bha aca ri bruthach chas a dhìreadh mus ruigeadh iad an rathad-mòr. Thòisich Darren suas aig astar. Bha an aimsir a' còrdadh ris. An t-adhar gun sgòth, a' ghrian 's an sneachda a' cur dreach eadar-dhealaichte air an àite. Bha e gus a bhith aig an rathad-mhòr, nuair a chual' e athair air a chùlaibh. "Air do shocair, 'ille. Cuimhnich gu bheil mise a' dol nam bhodach."

Thionndaidh Darren is dh'fhan e ris. Bha e a' tighinn air a shocair, anail na uchd is aodann gu math dearg. Stob Darren a dhà làimh na phòcaid. Gu dè bha seo? Thug e a-mach am fòn-làimh aige. Bha e air fasan a dhèanamh a thoirt leis dhan a h-uile h-àite, nuair a bha e fhèin is Megan còrdte. Uill, cha robh e a' dol a thilleadh dhachaigh leis a-nis. Chuir e às an rathad e, am broinn a sheacaid. Lean e fhèin 's athair suas pìos eile, gus an do ràinig iad an cladh. Bha e nas taitniche coiseachd troimhe, seach cumail suas Achadh an Tobair, rathad a bha gu math trang.

Cha robh Dòmhnall ag ràdh guth, dìreach a' coiseachd air an fhrith-rathad eadar na clachan-uaghach. Ghlac Darren an cothrom. "Tha mi airson

166

bruidhinn ribh mu rudeigin," thuirt e. "Tha mi 'n dòchas nach gabh sibh dona e."

"Siuthad. Buail ort," ars athair.

Bha Darren an dèidh iomadach òraid a dheasachadh, ach bha iad uile air a dhol às a chuimhne. "Uill," ars esan, "chan eil fhios a'm an do mhothaich sibh, ach chan eil mi ro mhath air spòrs ann am buidhnean. Ball-coise neo iomain. Chan eil mi air mo thaghadh son sgioba ach corra uair. Agus dìreach deich mionaidean ma bhios cuideigin air a leòn. Bha mi airson innse dhuibh o chionn ùinichean, ach cha d' fhuair mi an cothrom. Neo bha leisgeul agam ach, Dad, chan eil e a' còrdadh rium. Chan eil mi math air. A dh'aindeoin 's na thug Alasdair is cuid eile de thaic dhomh. Bidh mi a' feuchainn 's a' feuchainn. Ach tha e dìreach gam fhagail sgìth. Tha mi duilich, Dad. A bhith nam bhriseadh-dùil dhuibh."

"Tud!" ars athair. "Briseadh-dùil, an e? Na toir iomradh air. Tha rudan a tha tòrr nas cudromaiche na bhith math air spòrs. Tha mi fhèin 's do mhàthair... fortanach... gu bheil dithis againn cho math..."

"Dad? A bheil sibh ceart gu leòr?"

"Tha, tha," thuirt athair. "Cion-cnàmh a th' orm. Ag ithe... cus. Suidhidh sinn... anns a' ghàrradh."

Bha iad faisg air na gàrraidhean a-nis, a' dol

sìos leathad beag chun a' gheata. Bha being beagan shlatan a-steach. Shuidh iad an sin. Bha athair Dharren mar gum biodh a' gearan a h-uile h-uair a tharraingeadh e anail. Bha a dhath mì-nàdarra, is fallas air a mhalaidh.

Gu h-obann, chuimhnich Darren air rudeigin a dh'ionnsaich e aig Foghlam Sòisealta. Grèim-cridhe! Bha grèim-cridhe air tighinn air athair. Sheall e timcheall. Cha robh sgeul air duine. Dè bha e a' dol a dhèanamh? A' fòn! Càit an robh e? Pòcaid broinn a sheacaid! Thàinig air a thoirt a-mach agus 999 fheuchainn.

"Carbad-eiridinn!" dh'èigh e, 's e a' freagairt na ceist, "Dè an t-seirbheis?"

"Grèim-cridhe... M' athair... Còd-puist?... Tha sinn a-muigh... Gàrraidhean MhicIain... Faisg air Taigh-tasgaidh an Airm... Ceart. Tapadh leibhse."

Shuidh Darren ri taobh athar. "Dad?" thuirt e. "Na canaibh guth. Dìreach air ur socair. Bidh e ceart gu leòr. Tha carbad a' tighinn."

Rinn athair fuaim fo anail, mar gum biodh e ag aontachadh. Bha e na shuidhe crom, ga ghlacadh fhèin, a ghàirdeanan croiste air a bheulaibh. Shaoil Darren cho geal 's a bha aghaidh taca ris mar a bha e a' sreap a' bhruthaich.

"B' fheàrr leam gun tigeadh iad," thuirt Darren ris fhèin. "Dè nì mi ma thèid e ann an neul?

Tha fhios a'm gu bheil còir agad bruthadh air broilleach duine..." Chual' e fuaim einnsein. Bha an carbad-eridinn a' tighinn a-steach air a' gheata, agus an luchd-lèigh a' leum a-mach – fear is tè. Cha robh iad air a bhith ach seachd neo h-ochd a mhionaidean.

"D' athair, nach e?" thuirt am boireannach ri Darren.

"'S e," thuirt Darren. "Dòmhnall Moireach."

"Dè an aois a tha e?"

"Leth-cheud 's a dhà," fhreagair Darren.

Bha am fireannach a' tighinn le sèathar. "Niste, Dhòmhnaill," thuirt e, "na gabhaibh-se dragh sam bith. Tha sinn a' dol gur togail dhan t-sèathar. Togaidh sinn an uair sin dhan charbad sibh." Agus ri Darren, "Darren, nach e? Ceart. Faodaidh tu tighinn còmhla ri d' athair. Ma dh'fhanas tu an sin gus an tog sinn a-steach e."

Lean an dithis orra, a' còmhradh ri Dòmhnall air an socair. "Seo sinn a-nis. Bìdeag chun an taoibh ud. Tha sinn a' dol suas a-niste, a Dhòmhnaill. Bidh sibh nas blàithe a-staigh a seo. Tha h-uile h-uidheam a bhios a dhìth againn anns a' charbad seo. Ma bheir sinn dhibh a' bhonaid... Niste, na biodh dragh oirbh... Tha còir gun toir seo faochadh ..."

Chunnaic Darren an t-ogsaidean a' dol air aodann athar, is iomadh uidheam eile timcheall cuideachd. Cha b' urrainn dha bruidhinn, ach rinn e an t-sùil bheag nuair a bha e air a shocrachadh is Darren a-staigh ri thaobh.

Bha athair air a thoirt a-steach dhan uàrd, mun àm a smaoinich Darren air fios a chur dhachaigh.

Chùm iad athair Darren ann a' uàrd an dlùth
chùraim fad na h-oidhche. Bha e a' coimhead gu
math sgìth nuair a chaidh Darren a-steach greiseag
an-ath-fheasgar, an dèidh dha mhathair is Janie
tighinn a-mach. Bha e ann an rùm leis fhèin, ann
an leabaidh àbhaisteach.

"Chuir iad an seo mi, 'ille," thuirt e. "Bha mi
nam shuidhe ùine san t-sèathar ge-tà. Tha iad gam
chumail beagan làithean. Thàinig an dotair-cridhe
timcheall sa mhadainn. Bidh fios ceart aca nuair
a bhios an rannsachadh deiseil. Tha iad air galan
fala a thoirt dhìom! Grèim-cridhe gun teagamh.
Ach dh'fhaodadh e a bhith fada na bu mhiosa.
Seòrsa de rabhadh, thuirt iad. Beagan cuideim a
thoirt dhìom. Gun a bhith gabhail cus uallaich. Tha
sradag annam gun teagamh. Annadsa cuideachd.
Tha sinn gu math coltach..."

"Shh, Dad, air ur socair." Shaoil Darren gun
robh athair mar gum biodh e air a rothaigeadh.
Na bha e ag ràdh air thuairmse. "Tha mi dìreach

171

a-staigh greiseag a chionn 's nach fhaod ach dithis tadhal còmhla. Thig mi a-rithist a-màireach, neo an-earar. Feuch gun dèan sibh norrag mus tig iad timcheall leis a' bhiadh. Tìoraidh." Agus chaidh e a-mach far an robh càch.

"Tha thusa gu math sàmhach," thuirt Janie ris anns a' chàr.

"Ò, seadh. Uill dìreach... mar a bha Dad. Caran *random*. Tuaireamach."

"An stuth a tha iad a' toirt dha 's dòcha," thuirt am màthair. "Thuirt e rinne nach robh e na sheillean. Sheall sinn air càch-a-cheile. Is thuirt e nach robh e a' faighinn *buzz* anns an oifis taca ris mar a bha an ceann phròiseactan. Chòrd e ris nuair a thuirt Janie nach robh còir aige feuchainn ri bhith èibhinn. Nach robh e ag obrachadh. Chan eil e airson gun dèan sinn euslainteach dheth."

A dh'aindeoin seo, bha dragh air Darren. Chaidh e timcheall na cheann air na thuirt athair. 'Gabhail cus uallaich. Sradag annam. Sradag annadsa.' Am b' e an dol air adhart aigesan a dh'adhbhraich an grèim-cridhe? Briseadh uinneagan, a' teicheadh 's a' falach. An uair sin, ag ràdh gun robh e airson sgur de dh'iomain 's de bhall-coise. B' ann dìreach aig an àm ud a thòisich am pian. An robh eagal air Dòmhnall gun drachadh a mhac ceàrr buileach?

An-ath-thuras a thadhail Darren, bha athair gu math na b' fheàrr. Bha e na shuidhe anns an t-sèathar a' leughadh. Bha e an dùil faighinn dhachaigh am beagan làithean. Bhiodh an dotair aige fhèin a' cumail sùil air às dèidh sin. Thuirt iad anns an ospadal gum biodh e a' gabhail cungaidhean-leighis fad a bheatha. Fear airson an fhuil a thanachadh is feadhainn eile nach do thuig Darren buileach. Bhiodh cothrom aige cuideachd pàirt a ghabhail ann am prògram eacarsaich gach seachdain aig an ospadal.

"A Dharren. A Dharren, a bhalaich!" Bha làmh athar air gualainn Darren, is bha e ga chrathadh air a shocair. "Na gabh dragh. Tha mòran dhaoine a' gabhail dhrogaichean mar sin. Rudan mar Aspirin. Bha iad ac' o chionn linntean. Thàinig iad o nàdar. Planndrais."

Thàinig Darren air ais thuige fhèin. Gun smaoineachadh, thuirt e le ruaiseadh, "Dad. An e mo choire-sa a bh' ann gun tàinig grèim-cridhe oirbh?"

"Do choire-sa, bhalaich?" arsa Dòmhnall. "Dè thug ort sin a ràdh?"

"Mar a rinn mi. Càr nan Camshronach. Agus gu bheil mi airson sgur de thrèanadh. An dèidh dhuibh a chur air dòigh 's a dhol timcheall gam bhrosnachadh?"

"Chan e, chan e, chan e," thuirt athair, a' crathadh a chinn. "Chan eil gnothach agadsa ris. Rinn mi tòrr smaoineachaidh an dèidh dha na dotairean falbh. Ghabh mi dona e nuair a chuir iad a dh'obair dhan oifis mi. Bha mi air mo leamhachadh. Ach cha robh an còrr air mo shon. Dìreach dèanamh mar a dh'iarr an fheadhainn a bha gam fhastadh. Chaidh mo bheachdan bun-os-cionn. Cha robh fhios a'm dè dhèanainn. A' sireadh 'pròiseact'. Bha cothrom agam barrachd ùine a chur seachad còmhla riutsa. Agus rinn mi 'pròiseact' dhìot! Ach cha bhi thu nad 'reul' a thaobh spòrs gu bràth, mar a thuirt do mhàthair. Feuchaidh sinn air rudeigin eile. Dè do bheachd?"

"Uill, cha leig sinn a leas cabhag a bhith oirnn," thuirt Darren. "Tha e coltach gu bheil peatachan math son do chiùineachadh. Tha Calum a' dol a dh'fhaighinn cù, thuirt e. Ach chan eil fhios ciamar a chòrdadh cù ri Vlad."

"'S e dhèanadh dragh dhòmhsa, ciamar a chòrdadh e ris a' chù," ars athair. "'S ann aig Vlad a bhiodh làmh – spòg – an-uachdair." Rinn iad gàire.

"Ach tha thu ceart," thuirt athair. "Clann bheaga 's peatachan. 'S tu fhèin an rud as fhaisge a th' agam air clann bheaga. Is tha thu cho mòr rium fhèin. Dè mu dheidhinn an àite dham biodh tu fhèin is Calum a' dol? Coinneamh nan Con a bh' aig Calum air."

Chrath Darren a cheann. "'S fhad' o nach robh mi aig coinneamh," thuirt e, "ach chùm Calum is Bethan a' dol ann. Tha tòrr 'dhreuchdan', mas e chanadh sibh ris, air a' Chomataidh sin. Agus tha feum an-còmhnaidh air feadhainn a chumas cù ma th' aig an duine leis a bheil e falbh son greis. Faodaidh sinn tòiseachadh le rudeigin mar sin, 's dòcha. Air ar socair."

Ceart, 'ille, thuirt athair. "Tìde gu leòr. Bidh mi far m' obair beagan sheachdainean. Faodaidh sinn bruidhinn mu dheidhinn an uair sin."

Sheas Darren. "'S fheàrr dhomh falbh mus tig iad gam ruagadh. Thig mi a-màireach. Tìoraidh."

Bha e a' fas dorcha nuair a ràinig Darren an doras a-muigh. Anns an iar-dheas, bha an t-adhar pinc is dearg. Bha oidhche reòta eile gu bhith ann. Thog e colair a sheacaid, stob e làmhan na phòcaidean agus rinn e air a' bhus.

"Darren! Hallò. Darren," chual' e pìos air a chùlaibh.

Bethan a bh' ann is cudeigin còmhla rithe. Bha iad dìreach air a dhol seachad air càch-a-chèile. "Ciamar a tha d' athair an-diugh?" dh'fhaighnich i. Dh'inns Darren mar a bha.

"Ò, duilich," thuirt i. "Darren-Sophie. Sophie-Darren. Tha sinn a' tadhal air seanmhair Sophie. Thuit i air an deigh is bhrist i a gàirdean. Tha sinn an dòchas nach bi fada ann gus am faigh i dhachaigh. Fuirich ort. Bidh an sgoil a' tòiseachadh an-ath-sheachdain. Dè mu dheidhinn sgrìob suas dhan phàirc le Heidi ron a sin. Feadh an latha. Còmhla ri Calum. Bidh e snog 's a' ghrian air an t-sneachda. Nach tig thu còmhla rinn, Sophie?"

Sheall Darren is Sophie air Bethan. "Ceart!" thuirt iad còmhla.

"Diluain," dh'èigh Bethan às a dhèidh. "Leigidh mi fios."

Bha feasgar àlainn ann. Corran beag de ghealaich ùir air nochdadh. Bha e mar gum biodh eallach air a thogail bho ghuaillean Darren. Bha e ri feadaireachd fo anail 's e a' dèanamh air a' bhus.

"Tìde gu leòr," thuirt e ris fhèin. "Tìde gu leòr."